こうたく 3さ

甘やかアルファに愛される

CROSS NOVELS

秀 香穂里

NOVEL:Kaori Shu

らくたしょうこ

ILLUST:Shoko Rakuta

CROSS NOVELS

CONTENTS

CROSS NOVELS

CONTENTS

甘やかアルファに愛される

Presented by Kaori Shu
with Shoko Rakuta

秀 香穂里
Illust らくたしょうこ

CROSS NOVELS

「あなたと……こんなふうになるなんて」

恥じ入るように星野《ほしの》操《みさお》が呟《つぶや》けば、男はくすりと笑って頤《おとがい》を人差し指でつまんでくる。

「怖い？」

「……すこし」

「嫌な気持ちがする？」

「それは……ない、と思います。嫌だったら、逃げてるし」

そもそも部屋に来ていないし。

呟くと、男はほっと息を吐き、ぎしりとスプリングを鳴らして操をベッドに押し倒してくる。

「ほんとうに嫌だったらいまが最後のチャンスだよ」

「……恐いこと、しませんよね？」

「ああ、しない。絶対に。こんなに美しいきみに怖いことなんかひとつもできない」

安心させるように、男が指と指を深く絡み合わせてくる。恋人たちがするように。それだけで安堵《あんど》してしまう自分は愚かだろうか。

日本からたった四時間ばかり離れた台湾《たいわん》の高級ホテルの一室で、操は今夜出会ったばかりの男に組み敷かれていた。

男も自分も日本人だ。そして、男だ。しかしひとつ大きな違いがある。

――このひとは間違いなくアルファだ。しかもとびっきり、特別の。

胸を高鳴らせる操はオメガである。

男性女性という以外に、ひとびとには第二性がある。神に選ばれしアルファと、その逆の意味で世の中にぽつんと置かれたオメガの他に、ベータと呼ばれる穏やかなひとびとがいる。

容姿、才能ともに秀でたアルファがこの世を掌握し、ベータがそれを支え、オメガはひっそりと日陰で咲く野の花のようなものだ。王者たるアルファが圧倒的な美を誇るのに対して、オメガは男女ともに影のある妖艶さを持つ。そして、性別問わず子を生《な》すことができるため、昔から深刻な事件や事故に巻き込まれることがしょっちゅうだった。とりわけ、男子のオメガは数がすくなく見栄えもいいため、希少価値の高さもあって旧《ふる》い時代は大金で闇取引されていたぐらいだ。

そんなオメガに生まれついた操だが、いまは時代が違う。色眼鏡で見られていた頃と比べるとオメガの扱いは格段によくなり、当たり前の人権も守られるようになった。

オメガの大きな特徴のひとつとして、蠱惑的《こわくてき》なフェロモンがある。約三か月周期でめぐってくる発情期に、オメガは甘くひとを惑わすフェロモンをその身体から発するのだ。自分の体香がすこし変わってきたかなと気づく前に、スマートフォンのオメガ専用体調管理アプリが発情期を教えてくれるようになっているから、ずいぶんと気は楽だ。

オメガでもひとりの人間として健やかに生き、学び、仕事をし、恋をする時代だ。そして愛するひとの子どもを産む。

操もそうしたオメガのひとりだった。

理性や常識を超えたところで結ばれるアルファとオメガは目と目が合ったときに、互いが唯一の存在だとこころを撃ち抜かれ、契約を果たし、生涯をともにする。もしくは、アルファにうなじをきつく噛まれることで番《つがい》になるケースもあった。ただこれはオメガの意思を無視する場合もあるうえに、オメガからは契約を解除できない。なのにアルファはもう一度噛むことで好きなタイミングで契約を一方的に解除し、他のオメガに乗り換えることができる。

捨てられたオメガは二度と誰とも番になれず、一生孤独に発情し続ける寂しい運命だった。

だからたいていのオメガはきわめて慎重に対処をしており、無防備にうなじを晒《さら》すことはしなかった。

操もまた。

だが、いまは目の前の男にならうなじを噛まれてもいいと思っている。それどころか、身体中まさぐって、深くにまで押し挿ってきてほしいとさえ。

なにも知らない身体を、出会ったばかりの男に預けてしまってよいものかどうか逡巡《しゅんじゅん》する余裕はなかった。

――だって、このひとは運命の相手だ。このひとは気づいてないみたいだけど、僕にはわかる。この世でたったひとりの運命の番だ。

男とは、ホテルのパーティ会場で出会った。

操は臨時の手伝いとして、パーティのウエイターをしていた。大学二年生の春。友人たちと四泊五日の台湾旅行に来ていて、二日目まではあちこち観光したり台湾グルメを楽しんだりしていたのだが、現地の大学生と夕食時のレストランで同席になり、親しくなった。互いに学生という身分の気軽さで言葉を交わし、軽い後味が癖になる台湾ビールを注ぎ合ったのだ。そこで、友人のひとりから、『いきなりだけど明日の夜、空いてないか？　急遽《きゆうきよ》ウエイターとして手伝ってほしいんだ』と誘われた。

なんでも、日本企業と台湾企業が合併するパーティだとか。ウエイターは充分にそろえていたつもりだったのだけれど、寸前で体調を崩した者が数人いて、いま必死にかき集めている最中だと言う。

『日本語ができると助かるんだ。日本人ゲストが多いから』

旅行中にバイトを？　しかもこんな急に？　それに就労ビザなしで働いて見つかったら大変なことになる。懐疑的に思って即答するのをためらっていたら、『ビザの関係でギャラは払えないけど、六時間ほど会場にいてもらえればさっき言ってた穴場の観光スポット案内するよ。トレイを持ってサーブしたことはある？』と聞かれ、頷《うなず》いた。大学一年生の頃にファミレスでバイトしていたのだ。

じゃあぜひにと請《こ》われ、せっかくの旅行だし、記念にもなるかと承諾して旅行メンバー全員で臨時ウエイターとなったのだった。

そこで出会ったのが、彼だ。

重たいシャンデリアが美しい煌《きら》めきを放つパーティ会場の中、ダークネイビーのスリーピースを身に纏《まと》った彼は際立っていた。見たところ、三十代前半か。

シャンパンゴールドのネクタイが華やかで、すこし癖のある黒髪によく似合っていた。切れ長のダークブラウンの瞳が操をまっすぐ捉えたとき、心臓がごとりと音を立てた。

操だけにはわかったのだ。これが運命の出会いだということを。彼が生涯にたったひとり現れる番だということを。

カクテルのお代わりを所望した彼に近づき、名前を聞かれたあともいくつか言葉を交わした。

そうして、いまはふたりきりで彼の部屋にいる。

パーティが催されていたのとはべつのホテルに彼は投宿しており、『俺がうまく言い繕うから』と言ってウエイター姿の操にコートを羽織らせ、タクシーに乗り込ませてすこし離れたホテルへとやってきた。最上階に彼の部屋があり、裕福な家庭ではあったもののこういったものとは無縁の操でもそこがスイートルームだということは足を踏み入れてすぐにわかった。

専用エレベーターを降りると毛足の長い絨毯《じゅうたん》が敷かれており、観音《かんのん》開きの扉の両際にはどっしりとした白磁の花瓶が置かれ、大ぶりの百合《ゆり》が生けられていた。まさに王者たる彼にふさわしい花だ。好奇心と不安がない交ぜになっていたけれども、彼が腰に手をあてがい、恭《うやうや》しくエスコートしてくれたので、逃げることはしなかった。

部屋に入り、コートを肩に羽織ったままソファに腰掛けて、彼に誘われるままにウイスキーを口にした。強い酒は意識と喉《のど》を焼き、ほんの微量なのに酩酊《めいてい》する。

名前は、と聞かれたので、「操です」と答えた。彼は「コウスケだ」と名乗った。どんな字を書くのだろうと首を傾《かし》げていたら、左の手のひらに指でゆっくり「浩介《こうすけ》」と書かれた。綺麗に切りそろえた爪先がくすぐったくて肩を竦《すく》めて笑った。

「こういうことに慣れているんだろうか」

低く甘やかな声が男らしく整った彼の相貌《そうぼう》にあまりにしっくりはまっていて、思わず聞き惚れてしまい、言葉の意味がわからなかった。

「……え？」

「きみは、こうした誘いによくついていくほうなんだろうか」

誘った側がそんなことを言うなんてずるい。じわじわと耳の先まで真っ赤に染め、操はうつむいた。

「……しません」

「一度も？」

「初めてです。……なんの経験もありません。男女ともに」

「ほんとうに？」

浩介が目を丸くし、声を掠《かす》れさせる。誘ったはいいが、未経験だとは思わなかったのだろう。すこし戸惑う素振りを見せ、真面目な面持ちになる。

「それにしてはきみはいささか無防備に俺の誘いに乗った。危険だと思わなかったのか。外国で、知らない男に誘われて」

覆い被さった浩介が怒ったように言うので、操は戸惑い、「迷惑、でしたか」と呟く。

「もし、こういうことを……望んでなかったら、帰ります」

「そうじゃない、そうじゃないんだ。すまない、言い方が悪かった。俺などの得体の知れない男についてきて……いまからなにをしようとしているのか、わかるか？」

「……キス？」

「それもいいな」

それまで生真面目にしていた浩介が肩の力を抜いてふっと楽しげに笑ってくれたことで、操もぎこちなく微笑《ほほえ》む。

知らない男のベッドルームに入って、ただ抱き締め合って終わり、というわけではないだろう。オメガというまれな身体に生まれついたこともあり、操はその名のとおり、かなり意識して性的な誘いを遠ざけていた。

なのに、浩介の瞳だけはそらせなかったのだ。その真摯《しんし》でやさしいまなざしを受け止めると身体の奥が甘く疼《うず》き、さざ波を立てる。

他人にそうした想いを抱くのは生まれて初めてだったから、内心慌《あわ》てた。次のヒートまでにはまだ一か月近くある。それでも、オメガのフェロモンはちょっとしたことで揺らぐので、経口薬の抑制剤をいつも持ち歩くようにしていた。

実際、身体からオメガのフェロモンが滲《にじ》み出ないように今夜は抑制剤を飲んでパーティの手伝いへと臨《のぞ》んだ。安定剤の成分も入っている抑制剤。普段なら半日程度は穏やかに過ごせるのだが、浩介と視線を交わした途端、身体の奥底に火がともった。

初めての衝動、初めての飢餓感《きがかん》に焦《あせ》り、惑い、浩介と話す間にもちらちらと彼を見つめ、無意識に身体を擦《す》り寄せていたように思う。それで『未経験です』と言われてもにわかには信じがたいだろう。

ほんとうになにも知らない。

「……こういう部屋に入ったのも初めてで」

「じゃあ、童貞なんだな」

核心を突かれ、恥じらいながらこくりと頷く。

二十歳だということはここに来るまでの車内で打ち明けていた。

成人していても未経験というのは気持ちが悪いだろうか。肌を重ねる相手としてふさわしくないだろうか。

浩介はそうした惑いを見抜いたかのように、操の額《ひたい》にかかる髪を指でやさしくかき分け、あらわになったそこにちいさくキスを落とす。

「では、その光栄な初めての相手を俺が務めたい。誓ってひどいことはしない。きみにとって最高の時間をともにしたい」

「どうして、そこまで」

「きみが好きだからだ」

ストレートな告白が胸を撃ち抜き、言葉を失した。

出会ったばかりなのに。

まだ一時間ほどしか一緒に過ごしていないのに。

――でも。

でも、と操は下くちびるを噛む。

僕だって、あなたが好きです。目と目を合わせた瞬間から、こころの全部をあなたに持っていかれた。まるで自分が自分じゃないみたいに感じられてすこし怖い。

「あの、こんなこと聞くのって失礼かもしれないんですが……どういう方なんですか？」

「どういう方とは？　ああ、名刺を」

「いえ、そういうのじゃなくて――あなた、アルファ、ですよね」

「ああ」

「しかもとびっきりの」

「アルファに会ったことは？」

「何度かあります。でも、……あなたほどの存在感はありませんでした。あなたに見つめられると、その」

「落ち着かない？」

「……はい」

くすりと笑う浩介が頬《ほほ》を指でさすり、「可愛いな」と独《ひと》り言のように呟いて操の髪を指で梳《す》いてくる。

「確かに俺はアルファだ。だが、きみを威圧しようとは思っていないし、無理にこの先に進もうとも考えていない。いまはすこしいい雰囲気だけれど、嫌なら嫌だと言ってほしい。合意のないセックスはしたくないんだ」

「……セックス、僕としたいんですか？」

おそるおそる訊《き》くと、浩介は瞼《まぶた》を伏せ、大仰に息を吐く。

「……したいよ、とても。パーティ会場で目が合った瞬間からきみのこの腰を抱くことしか考えられなかった」

「でも、あなたほどのひとだったら恋人候補はたくさんいるでしょう」

「ありがたいことに、それなりに。でも誰もここまでこころに食い込んでこなかった。皆、俺の肩書きや出自に惹《ひ》かれているだけで、俺の本質に触れてきたひとはいない」

「浩介さんの本質ってなんですか」

「これぞと思った相手には徹底的に尽くすことだ」

「……なんだか意外です。尽くされるほうが似合いそうな気がするのに」

「きみには尽くしたいと思ってるよ、操」

唐突に名前を呼ばれてびくりと身体が反応した。友人は皆、「星野」と呼ぶ。久しぶりだ、名前で呼ばれるのは。

「操、気分は落ち着いたか？」

「はい、……だいぶ」

「逃げるか逃げないか。いまならまだ待てる」

選択肢を突きつけられて固唾《かたず》を呑《の》んだ。温かい腕を抜け出して「タクシーを呼んでください」と言えば、浩介はきっとそうしてくれるだろう。精悍《せいかん》な雄といった風貌で、黙っているとすこし怖いけれど、操の頬を撫でる指先は思いのほかやさしい。きっと、心根も穏やかなのだろう。ひょっとしたら、雄っけの強い見た目とは裏腹に繊細なところもあるかもしれない。

「逃げ、ません」

低い声で言い切り、彼の目の奥をのぞき込んだ。

逃げない。心底から惹かれているのはほんとうだから。

「セックス、教えてくれますか？」

「……きみは生まれつき男を骨抜きにするんだな」

観念したかのようにもう一度深くため息をついた浩介が生真面目な顔をし、操の頭を抱え込みゆっくりとくちびるをふさいでくる。触れる熱のやわらかさに目を瞠《みは》りながらも、すぐに操は広い背中に爪を立てた。

身体を大きく揺らす波が待っている。

第一章

「みー、おなか、すいたあー」

「ちょっと待ってて。もうすぐホットケーキが焼けるから」

「やー。まてないー」

「はいはい。待てない待てない」

狭いキッチンのハイチェアに座った幼子の抗議に口元をゆるめ、操はフライパンを揺らす。ふんわり焼き上がったホットケーキは美味《おい》しそうなきつね色だ。これにバターと蜂蜜《はちみつ》をたっぷり垂らしたものがメインで、ほかにスクランブルエッグ、トマトとキュウリのサラダ、ブルーベリージャムをかけたヨーグルトがつく。

こんがり焼けたホットケーキをぽんっと皿に載せ、とろとろした蜂蜜は目の前でかけてあげることにし、トレイにプラスティックの食器類を載せて運んだ。

「お待たせ、お腹減ったよね」

「ぺこぺこ。もうたべていー？」

「待って待って、僕も一緒」

ちいさな四角のテーブルに自分用の食器を並べ、斜め前に腰掛ける我が子——康太《こうた》の胸にかかるスタイの角度を直す。

「はい、どうぞ。いただきます」

「いただきましゅ！」

ご機嫌な康太の舌っ足らずな言葉を聞いてふわっと微笑んでしまう。

親子ふたり、のんびりとした朝食の時間だ。

四月の陽射しがまぶしい朝の十時、新宿《しんじゅく》にほど近い西新宿の古びた２Ｋの木造アパートで操は二歳になる康太と暮らしていた。もっと新宿の中心に近づけば仕事に出るのも楽なのだが、家賃が格段に跳ね上がる。子どものことだけを考えたらゆったりとした下町暮らしもいいなと思ったのだが、いまはまだ金を貯めたい時期だ。

仕事と子育ての両立を考えて、住まいは西新宿とした。中心からいくらか離れただけでも家賃がぐっと下がるし、このへんは古い格安物件がちらほらある。いつ再開発のために取り壊しになってもおかしくないので荷物は増やせないけれども、康太が小学校に上がるぐらいまではたぶん大丈夫だろう。

ワンルームにすればもっと家賃を抑えられたかもしれないが、康太の遊び場がすくなくなってしまう。

先が丸いフォークを使って康太がホットケーキを頬張り、「おいしし」と蕩《とろ》けそうに笑う。それを見るだけで疲れも眠気も吹っ飛び、「よかった」と手を伸ばしてやわらかな黒髪をくしゃくしゃとかき混ぜた。

明るい栗色をした髪と焦げ茶の瞳をした自分と、漆黒の髪とダークブラウンの瞳を持つ康太を親子として結びつけるひとはどれぐらいいるだろうか。甘めの顔立ちをした自分と、わずか二歳でもきりっとした面差しの康太。

公園で遊んでいると、十中八九、「可愛いお子さんねえ。甥っ子さん？」と訊かれる。操が二十三歳とまだ若いせいもあるだろう。「僕の子なんです」と正直に言うと、たいてい驚かれた。

似てないわね、若いわね、口にしないけれど伝わってくる気持ちはいくつもある。

だけど、実際に言葉にされないだけでもまだいいほうだ。自分のような年の男が幼い子を連れ歩いているだけで不審がられ、通報される時代だ。

だから、いつも母子健康手帳と自身の保険証を持ち歩いている。康太は僕の子です、と胸を張って言えるように。

三年前に康太を身ごもり、生むと決意してからこれまで、じつにさまざまなことがあった。とてもひと言では言い終えられないほどの多くの出来事が。

まだ二十歳だった操が妊娠したという事実に嫌悪感を剝《む》き出しにした両親は、康太の誕生を待たずに家路を急いでいた年末の夜、飲酒運転の車と正面衝突し、この世を去った。五十を過ぎたばかりのふたりはアルファで仕事が命だった。

父親は放任主義で、母親は忙しさにまぎれて操をわけもなく撲《う》つようなひとだった。

いまでもよく覚えている。

十歳になった操がこの国でいっせいに行われる血液検査によってオメガだと判明したのは奇しくもクリスマス前だった。

裕福なアルファ同士の両親だから子どももアルファだと信じて疑わなかったのだろう。しかし、まれに隔世遺伝でオメガの子どもが生まれるというケースもある。操の場合は、母の曾祖母がオメガだったようだ。ふたりはもともと操を偶然のたまものとしてしか扱っていなかったうえに、オメガだという重い証《あか》しを見せつけられて動揺し、一気に態度を硬化させた。

それまでは冷ややかながらも一応家族の形を取っていた三人だったのに、操がオメガだとわかった途端ますます距離を置くようになったことが子どもごころにも伝わってきた。

――こんな子、そもそも私たちの子どもじゃないのよ。

――せめてベータだったらどんなによかったか。

ふたりは事あるごとに不満を滲ませ、まだ幼く、事実を受け止めきれない操を追い詰めた。年明けにはオメガ専用の施設に急遽入所することが決まった操は、毎日眠れない夜を過ごした。

自己肯定感が低い子どもで、どこに行っても誰と会っても大事にされないとつねに焦燥感を抱いていた。

それでも、どんなに冷たくても、虐《しいた》げられても、帰る場所はひとつだけなのだ。無視されても、気まぐれに撲たれても、食べることと寝ることを許される家はひとつしかなかった。

母に撲たれるとき、その手がひどく熱かったことが残酷だった。こんな形でしか温もりを与えてもらえないのだ。物心つく前から、抱き締められた覚えはほとんどない。

オメガだとわかるまではぎりぎりの状態を保っていた。あと一滴水を垂らせばあふれ出してしまうグラスのように。

その一滴が自分なのだとわかったのは、クリスマスの早朝、不安ながらも胸をどきどきさせながら目を覚ましてリビングに向かったときだ。

しんと静まり返った広い部屋はカーテンが引かれ、薄暗かった。去年まではささやかながらもツリーが飾られ、ひとつだけプレゼントの箱が置かれていた。プライドが高い両親だったので、イベントごとも一応表向きにやっていたのだ。学校に通う操が「プレゼント、もらえなかった」と言わないように。

だけどその年のクリスマスはなにもなかった。

リビングはただ、がらんとしていた。ツリーも、てっぺんを彩る星の飾りもなく、きらきら輝くモールもなければ、当然プレゼントもなかった。

自分はもう要らない子なのだとそのとき思い知った。

よく言われていた。

『おまえほどだめな子はいないんだ。とにかく目につかないようにしなさい』

『鬱陶《うっとう》しいからあっちに行って。お節介な子ね』

愛されたくて、両親の視界に入れてもらいたくて、必死に自分なりに考えて子どもらしく振舞ったり、お世話をしたりするたびに叱責《しっせき》された。

仕事で疲れた母のために熱いお茶を淹《い》れれば、ひどくうんざりした顔を向けられた。家には使用人がいたのだが、不憫《ふびん》な操をかばって自身に災いが降りかかることを恐れ、誰もが素知らぬ顔をしていた。玄関先で荒っぽく脱ぎ散らかす父の靴を急いでそろえれば、苛立《いらだ》たしそうな目で射《い》貫《ぬ》かれた。

味方はひとりもいない。

クリスマスプレゼントをもらえないのは僕がだめな子だからだ。

どんな些細な愛情も受け取ってもらえず途方に暮れていたものの、体裁だけは気にする両親だったので、大学までは行かせてくれた。その頃には操も自立心が芽生え、バイトを始めていた。いつ、家を追い出されても大丈夫なように。最初の給料で家族に夕食をごちそうするんだ、とはしゃいでいたバイト仲間が心底羨《うらや》ましかったものだ。

そんなふうだから、康太を宿したことを打ち明けたときは大騒ぎになった。父はこめかみに青筋を立て、母は金切り声を上げた。こんな子、産むんじゃなかったと。うちの恥だと。

自分ばかりか、これから生まれてくる子すら詰《なじ》られて、懸命に己を律していた操もさすがに涙をこぼした。

――家を出よう。もうここにはいられない。

生まれてくる子どもにも重い十字架を背負わせてはいけない。

そう決意して間もなく、両親は亡くなった。

あのときの足下が崩れるような喪失感はいま思い出しても心臓がきゅっと縮み、目眩《めまい》を覚える。

ひとりになってしまった。

たとえ愛されてないとわかっていても、帰る家はもうないのだ。

葬儀が終わって数日はろくすっぽ食べられなかったけれど、ぽこんとお腹を蹴る気配に身を震わせ、大声を上げて泣いた。

康太がいなかったら、自分も未来を憂《うれ》えてあとを追っていたかもしれない。だけど、胎動がそれを止めてくれた。とにかく全力でこの子を守ろうと決意したのだ。

大学は志半ばで中退せざるを得なかった。勉学と育児の両方を手にすることはどうしても難しい。

さらに追い打ちをかけるように、父が営んでいた貿易会社を畳む際、莫大な借金を背負っていることが発覚した。慌てて弁護士に相談して全額返済は免《まぬが》れたものの、しかしすでに時遅し。全容を知ったときには相続放棄の期限が過ぎていて、残る一部は操が背負うことになり、よけいに生活は困窮《こんきゅう》を極めた。

あっという間の転落だ。使用人はいなくなり、家は借金返済のために売却し、操は坂を転がるように人生の薄暗がりに追いやられ、自分なりに必死に模索しながら康太を産み、あちこちを転々とした結果、三か月前にこの部屋に辿《たど》り着いた。

区の支援を受けることも考えたけれど、まだ若い。なんでもできるし、やり抜くと自分に言い聞かせ、さまざまなアルバイトを掛け持ちでこなした果てに体調を崩して三日ほど寝込んでしまったこの夏を終え、操はようやく決意した。

夜、街角に立つことを。

街娼として。

若いオメガの男性として子どもを養いつつ借金を返済していくとなったら、この道しか見つからなかった。まともなアルバイト代など焼け石に水だ。掛け持ちなのも悪いのかもしれない。前のバイトで時間が押せば、うしろに控えている仕事に支障が出る。昼間はアパレルショップ店員、夜はコンビニ店員として働きに働いたけれど、どちらも人間関係が複雑で、とりわけアパレルのほうはノルマがじかに給料に響いてしまうのが怖かった。

実家にいた頃、見た目を気にする両親に整った格好をさせられていたので、ファッションには強いほうだという自信と自嘲《じちょう》が半分ずつあった。しかし、仕事となると違う。働く際に着る服は買い取りで、日々工夫をこらさなければいけない。

コンビニは夜勤のバイト代が高くて助かったけれど、酔客や乱暴な客が思いのほか多くて困ることもあった。

康太と一緒に過ごせる時間はわずかで、可愛い盛りを二十四時間制の託児ルームに預けることがほとんどになってしまうと気づいた頃、遅まきながらこの身を切り売りすることを決めたのだった。

最初は勝手がわからず、ただ新宿歌舞伎町《かぶきちょう》からすこしはずれたところに立とうとしたが、すぐに警官に咎められてしまった。このへん一帯は取り締まりが厳しいうえに、やくざたちの監視もきつい。

すくない情報を元にうろうろし、店に勤めることも考えたけれど、康太のことを考えるといつでも自由に動けたほうがいい。康太はまだ二歳だ。遊びたい盛りだし、ひょんなことで熱を出したりする。店に勤めてしまえば簡単に休めないだろうと思い、新大久保《しんおおくぼ》のほうまで流れたあたりで、自分よりすこし年上のオメガの男性に声をかけられた。

「最近このへんでよく見かけるけど、ウリしたいの？」

「は、……はい」

「ふぅん……」

やわらかな言葉遣いの男性はじろじろと操を見回してきて、近くのカフェに誘ってくれた。安いコーヒーチェーン店なのだが、二百円のコーヒー代も切り詰めたいと思っていたのが顔に出ていたのだろう。

「奢《おご》りだから」と笑った彼はエイミーと名乗った。本名なのか愛称なのかわからない。まっすぐな黒髪のボブヘアが美しく、目は緑だった。「これでも日本人なんだけどね」とエイミーはくすりと笑い、慣れたふうに細い紙巻き煙草を咥《くわ》えていた。

「そのボブヘア……ウィッグですか？」

「本物に決まってるじゃない」

「す、すみません」

「髪は私の命なの」

つんと顎《あご》をそらしたエイミーだったけれど、ずば抜けて美しいオメガだった。オメガというと幸薄そうな、日陰に咲いている野の花のような清楚《せいそ》さを持ち合わせる種だと捉えられることが多いけれど、エイミーはアルファだと名乗ってもおかしくないほどの気の強さを備えている。

男性だというのは、平らな胸を見てすぐにわかる。それでもしなやかな身体をしていて、黒の革ジャンとこなれたTシャツ、スキニーパンツを合わせていて粋《いき》だった。

彼は世話焼きで、とても親切だった。右も左もわからないうぶな操に、ウリとはなにかということを逐一《ちくいち》叩《たた》き込んでくれたのだ。

そのエイミーを含む数人のオメガたちに手ほどきを受け、「とにかく最初の客は大事に選んで。今後のあんたを左右するんだから、簡単に決めないで」とアドバイスされ、仲間に入れてもらうことができた。

偶然にも、エイミーはこのアパートの隣室に住んでいる。仲間のユキオは一階の奥の部屋で暮らしていた。街娼仲間が同じ場所に住んでいることに安堵感を覚え、ときおり部屋を行ったり来たりした。

「みー、もうおなかいっぱい」

「ほんと？　じゃあ、あともう一口だけ。……ん、ごちそうさまでした」

「ごちそうしゃまー！」

操のことを「みー」と呼ぶ我が子に笑いかけると、康太はもみじみたいな両手をぱちんと合わせてお辞儀をする。ポケットつきのお食事スタイを外してハイチェアから抱き上げ、プレイマットに下ろせばすぐにお気に入りのぬいぐるみを摑《つか》み、人形遊びを始めた。

街娼を始める前にがむしゃらにアルバイトで働いたから、いくらか貯金がある。

でも、もう今日明日にも街角に立たねば。

エイミーの言葉に従って、新大久保の大通りから横道に入ったところに立つことにした。外国人も多く訪れる場所なのだが、歌舞伎町よりまだ治安が落ち着いていて、客の金払いもそれなりにいいという。「六本木《ろっぽんぎ》や渋谷《しぶや》は？」と訊いたところ、「危ない危ない」と顰《しか》め面をされた。

「儲けも大きいけど、リスクの高いプレイに巻き込まれることが多いのよ。街娼新人のあんたにはまだ早いと思う」

「わかりました」

先輩の言うことには頷いておいたほうがいい。

ウリ、つまりは身体を売るということだ。どこに立てばいいか、何時頃から客引きできるかということもエイミーが教えてくれた。この仕事は縄張り争いがある。自分の都合で仕事に出るか休むか自由に決められる反面、リスクもひとりで背負わなければいけない。

こういう仕事にはたいていやくざがバックについていてケツ持ちをしているものだが、エイミーたちはそういったことからうまく身を遠ざけていた。やくざに守ってもらえば夜の世界で働く以上ある一定ラインの安心が保証されるうえに金払いのいい客もあてがってもらえるが、弱みも握られる。それも、一生を棒に振るほどの。

康太のことを考えたら、フリーで街娼をするのだってほんとうは避けたほうがいい。

まだいまは幼いから「スーパーの夜勤だよ」という言い訳で信じてくれるだろうけれど、もっと年かさになったらこの身を他人に明け渡し、大金をもらうという事実が重くのしかかってくるかもしれない。

だが、いまはこの道しかない。

康太が世の中のさまざまなことを理解する頃までは街娼に専念し、できるだけ貯金をしよう。すべては子どものために。身を粉にしてでも康太には苦労させたくない。自分のような寂しい幼少期を送らせたりしない。

いままでは昼と夜のダブルワークでほとんど預けっぱなしのような状態だった。これからも仕事に出る夜中から明け方だけは託児ルームに預けることになるけれど、幸いにも康太は寝つきがいい子だから、いったん眠ると朝までほとんど起きない。

操が仕事に出るとしたら夜十時過ぎから夜明けの五時前後までだ。普段、康太は二十一時前には寝かしているので、ぐっすり眠ったところを近所の託児ルームまでそっと運び、仕事が終わってすぐに迎えに行けばまだ夢の中だろう。

康太が夜眠る前、そして朝起きたときに最初に目にするのが自分でありたい。ちゃんとおまえのことを大切にしているよ、と髪をやさしく撫で、眠りを見守りたい。

食器を手早く片付け、ひとり人形で遊んでいる康太に近づく。ウサギのパペット人形を手にし、「こうくん、あそぼ」と白い耳をぴょこぴょこさせると、康太の顔がぱあっと輝いた。いそいそとクマのパペットを手にした康太が、「いっしょにあそんでくれるの？」と大きな目をしばたたかせる。

「もちろん！　なにして遊ぶ？」

「んー……じゃあ、おままごと！　こうくん、ぱぱね。みーは、まま」

「いいよ。じゃ、パパをお出迎えしようか？」

「ん！　……ただいまぁ。かえったぞ。まま、いいこにしてたか？」

託児ルームで他の子と遊ぶ際に覚えてきたのだろう。大人っぽい言葉遣いにくすりと笑い、「おかえりなさい」と甘い声で言う。

「ん、ん、あなた、ってゆって」

「ん？　おかえりなさい、あなた……？」

「うん！」

吹き出しそうなのを堪《こら》え、クマパペットにウサギパペットで抱きつく。ハグのつもりで、ちゅっちゅっとキスもする。康太が照れくさそうに「やだー」と言いながら頬を染めているのがたまらなく可愛い。

「ごはんにする？　お風呂にする？」

「ごはん！」

元気よく返事してくれることにほっとするものの、康太は小食だ。一度にたくさん食べられないので、ちょこちょこ用意する必要がある。好きなものは操の作るオムライス。ケチャップで、大好きなアニメのキャラクターを描いてあげると飛び上がるほど喜ぶのが嬉しい。

明るい正義の主人公キャラクターではなく、強くて賢い仲間キャラが康太のお気に入りで、託児ルームに持たせる巾着袋もキャラクターの布地を使ったものだ。夜抱いて眠るときのぬいぐるみもそう。康太にとって、アニメのキャラクターは頼もしい兄代わりなのかもしれない。

おもちゃのごはんセットをちいさなテーブルに載せて、康太と向かい合ってはぐはぐと食べる。

「おいしい、あなた？」と訊くと、「ままのごはんはいつもおいしいよ」とはしゃいだ声が返ってきた。

食べちゃいたいほどの可愛さというのはこういうことだろう。それから小一時間ばかりほど一緒に遊び、うとうとし始めた康太をベッドへと運ぶ。まだ二歳だから、たっぷりとした睡眠が必

要だ。

昼寝する間もしっかりと抱き締めてほしがる康太のやわらかい髪を撫でながら、――今日ね、とこころの裡でそっと呟く。

内緒のことを。誰にも言えないことを。

……今夜ね、僕は誰かに買ってもらうんだ。


初仕事になる今日は夜になり眠った康太をすぐにいつもの託児ルームに預け、操はひとりでアパートに戻り、熱い湯に浸かった。

狭い湯船に体育座りをする。心臓がどくどくと脈打っているのがわかるほど緊張していた。

初めての仕事の夜だ。街頭に立って、望みどおり誰かに買ってもらえるだろうか。オメガ男性はその存在だけでも珍しく目を惹くから買い手には困らない、とエイミーは煙草をふかしながら教えてくれた。

『最初の夜を売るんだから、強気にふっかけなよ。初めてだからって焦らないで、ちゃんと相手を見定めて。そうじゃないとこの仕事を続けていく気力がなくなるから』

『どういうところを見ればいいですか?』

『服装がきちんとしてるかどうか。とくに手の爪先は大事。あんただって、汚れた手に身体をまさぐられたくないでしょ。そういう性癖があるなら話はべつだけど』

『い、いえ、はい、わかりました』

『お金は先にもらうこと。どんなに羽振りがよさそうな相手でも、事後の支払いにすると逃げられることがあるから』

『……でも、先にお金をいただいたらなんでもされてしまう……そういうことはありませんか？』

『あんた、顔は可愛いけど案外バカじゃないのね。そう、そういう卑怯《ひきょう》な奴もいる。だからちゃんと目を見て。なにかしでかすような奴の目は真正面から見れば大抵見抜ける。ヤバそうだったら大金を払うと言われても絶対断って。自分のためにも、子どものためにもね』

『――はい』

康太を託児ルームに連れていったあとにエイミーの部屋を訪ね、街娼として必要なことはひととおり教えてもらった。

『絶対に避妊してもらうこと。キスもしないこと』

『ねだられたら？』

『頑として断って。避妊しなきゃいけない意味はあんたでもわかるわよね？　キスもそう。直接的な粘膜接触で遠ざけられる病も多いし……なにより、情が移らなくてすむから』

シニカルなエイミーらしからぬ感傷を込めた言葉にちょっと首を傾げたものの、出会ったばかりの相手とくちづけるのは確かによくないかもしれないと思い、素直に頷いた。

基本的には、ひと晩かぎりの相手だ。そんなひととくちびるを触れ合わせるのは、セックスをするよりももっと繊細な問題だと経験足らずの操でもわかる。

康太を産んでいるのでもちろん未経験ではないのだが、過去、性行為は一度きりしかしていない。それをうまく利用するのよ、とエイミーにアドバイスされたことを思い出し、自信がないなと呟きながら湯を顔に打ち付ける。

今日、自分を買ってくれるひとが実際に現れるのかどうかわからないが、いざそうなったときに恥ずかしくならないように身体中綺麗にしておいたほうがいい。

首筋から胸元、腋《わき》の下や平らな腹の臍《へそ》に腰回りも丁寧に洗い、うしろも拙《つたな》いけれど指で慎重に押しておく。

足の指一本一本も綺麗な泡で包み込み、すっきりしたところでシャワーを浴びた。

しっとり濡れた髪をうしろにまとめて水気を拭い、外に出る。使い慣れた洗剤で洗ったバスタオルで全身をくるめば、ぴんと張った緊張の糸もすこしずつ解れていく。

肌がしっとり潤うように無香料のボディクリームを腕や足に擦り込み、すこし考えて内腿《うちもも》にも塗る。恥ずかしかったが、上客を取るためには必要だ。

四月にもなるのに今夜はすこし風が冷たい。オフホワイトのハイネックニットにベージュのスプリングコートを羽織り、足元はブラウンのクロップドパンツにした。ファストファッションばかりだが、清潔で、若々しい印象のほうがいいだろうと自分なりに考えたのだ。

九時半を過ぎた頃家を出てしっかりと鍵を閉め、エイミーたちが立つ街角へと向かう。二十四時間営業のカフェから右側に入った薄暗がりの道が今夜からの仕事場だ。

夜の新大久保の賑わいからすこし離れたところで、ぶるっと身体が震えるのは夜風の思わぬ冷たさか、それとも武者震《むしゃぶる》いか。

カフェの窓越しに、ユキオが手を振っている。ぺこりとお辞儀し、操も店内に入って一番安いホットコーヒーを買い、「こんばんは」と彼の隣のスツールに腰掛けた。

「おはよう、ちゃんと眠れたか？」

夜の挨拶《あいさつ》にまだ慣れなくて「お、おはようございます」と言い添える。

「昼間にすこし寝ました。……緊張、してしまって」

わかるわかると頷いてユキオは手元の煙草のパッケージを弄《もてあそ》ぶ。軽めのメンソールが好みらしい。普段は通りが見える禁煙席側に座りながら外の様子を窺《うかが》い、たまに喫煙ブースに一服しに行くようだ。

「操はいまどき珍しいぐらい清楚だし綺麗だから、絶対いい客つくよ。大丈夫、安心しなって。俺が保証するし」

明るく笑ってくれるユキオが頼もしい。気が強く凛《りん》としたエイミーとはまた違う性格で、多くの客に愛されていると聞いた。

陽気な性格を映し出しているかのような黄色のパーカに、足の長さを引き立てるクラッシュデニム。足元は履《は》き古した黒のコンバースで、キャップも黒だ。短くのぞく髪の色はアッシュブロンドで、色気をたまらなく感じさせる垂れ目がちの瞳で笑いかけられると誰でも虜《とりこ》になってしまうに違いない。

このあたりでは、エイミーとユキオが人気を二分するのだとも聞いた。

「エイミーさんは？」

「ついさっき客がついて出ていったよ。オールだってさ。あいつ、羽振りのいい客がつくんだよなぁ」

「ユキオさんだって人気あるって聞いてます」

「まあね。誰でも俺のこの顔とフェラの巧《うま》さにはイチコロだよ」

扇情的《せんじようてき》な言葉をさらりと言われ、コーヒーに噎《む》せそうだ。耳まで真っ赤にすると、ユキオはくすくす笑って軽く肩をぶつけてくる。

「こんなのに恥ずかしがってたらやってけないよ？　いろーんな客がいんだからさ。ま、変な奴は俺とエイミーが追っ払うから安心しなよ」

「……はい。ありがとうございます」

身体を売ろうと悲壮な決意をした先で出会えたのがエイミーとユキオだというのは数すくない幸運だ。ひとりきりで街角に立つとなったらこころ細くて、不安でいっぱいで、五分も経たずに逃げ帰っていただろう。そして不甲斐ないと布団を拳《こぶし》で叩くのだ、きっと。

——でも、ユキオさんとエイミーさんがいてくれる。

頼れる仲間がいることに安堵を覚え、もうひと口コーヒーを啜《すす》ろうとしたときだった。カフェの窓ガラス越しに左側から右側へとひとりの男がゆっくりと歩いていく。

「あ、あれ」

急いた口調でユキオが肘《ひじ》でつついてきた。

「絶対上客だ。身なりもいいし、顔立ちもいい。たぶん、育ちもいい。どこかの社長とかCEOだろうな。ほら操、物は試しに外行ってごらん」

ぽんと背中を景気よく叩かれ、「え、え」と口ごもった瞬間、ふいっとこちらを向いた男と目が合った。

そのとき世界がぐるりと反転するような感覚に襲われた。

互いに視線を離せず、彼のほうは啞然《あぜん》とした顔だ。操は目にしているものが信じられず、知らず知らずのうちに左胸をニットの上からぎゅっと摑んでいた。

もしも心臓がこの胸から取り出せたら、赤く、熱く、炎を噴き上げていただろう。頭で考えるよりも先に身体が反応していた。無言でコーヒーカップをカウンターにカシャンと置いて店を飛び出し、目を見開いている男の真ん前に立ちふさがった。

彼だ。

彼だ。

ずっと忘れられなかった男だ。

「きみ」

男が動転しつつも低い声を掠れさせた途端、理性が舞い戻ってきてあとじさりしてしまう。

なぜ、いま頃になって出会ったのだろう。なぜ、こんなところにいるのだろう。

棒立ちになっている操に男は大きな一歩で距離を詰め、そっと手を摑んできた。

「……操？」

「あ、……あの」

握られた手首から伝わる温もりが、本物だと教えてくれている。三年前、この身体を抱き締めてくれた手そのものだ。情熱がこもる男らしい指先が自分のスプリングコートの袖《そで》を強く摑んでいる。

「操、だろう？」

どうか応えてくれという願いがこもる声に、喉の奥がひゅっと締まる。

なにか言いたいのに口がうまく動かなくて、よけいなことを言いそうだ。逃げたい、逃げてしまいたい。身を翻《ひるがえ》して、この場から立ち去ってしまいたい。

もう一度、「操」と懐かしい声に呼びかけられ、今度は無視できなかった。

強く強く瞼を閉じ、もう一度そろそろと開く。

目の前の男は幻ではなく、現実そのものだ。あの夜と同じ、洗練された男らしさとやさしさをあふれさせ、目眩すら覚える。

「……はい」

観念して頷き、こわごわと彼を見上げる。

長身の彼は三年前となにも変わっていないように見えるが、やはり輪郭が締まり、完成された大人の男になっていた。行き交うひとびとがちらちら視線を送ってくるほどのいい男だ。

──あの、広いパーティ会場でたったひとりスポットライトを浴びていたような。

今夜は都心の空にぼんやり輝く月の光が彼を照らしている。

「……浩介、さん？」

こわごわと名前を口にすると、浩介がほっと破顔一笑《はがんいっしょう》した。

「覚えていてくれたのか」

当然だ。忘れるわけなんかない。

この三年、一日たりとも忘れることはなかった男だ。

「あの日……次の朝、きみがいないことに気づいて慌てた。連絡先も教えてくれなかったし、下の名前しか知らなくて、どうにも連絡の取りようがなかった。ずっと探していたんだ。どうしていきなり姿を消してしまったんだ？」

だって、ひと晩かぎりの関係だと思っていたから。

「……お元気、でしたか」

こんなことを訊きたいわけじゃないのに。もっと違うことが話したいのに。

――だめだ、話しちゃだめだ。彼にだけは内緒だ。

くちびるをきつく噛んで彼から身を引こうとするのだが、手を離してもらえない。まるでこの場に操を縫い止めるかのように。

息遣いが浅かった。そのことに浩介も気づいたようで、手を持ち上げ、すこしためらってから操の背中に手を回しぽんぽんと軽く叩いてくる。

「大丈夫だ。怖いことはなにもしない。約束する」

そんなひと言で、ふっと身体の力が抜けてしまう。

三年分の力が。

くたくたと地面に膝《ひざ》をつきそうになる操を慌てて支えてくれた浩介が、「大丈夫か？」と顔をのぞき込んでくる。

「立ちくらみかな。どこかの店に入ろうか」

「あ、の、……あの、僕は……」

「ちょっと」

突然声が割って入った。はっと振り向くと、ユキオだ。じっとしていられなくてカフェから出てきたのだろう。

「あんた、操に興味があるのか？」

「あ、ああ」

「だったら買うのか？　言っておくけど、操は安い男じゃない。そんじょそこらの男には買えない奴だぞ」

「……買う？」

わずかに眉をひそめた浩介に、手のひらがぬるりと汗ですべる。

これから自分がしようとしていたことが急に汚れたもののように思えてつらかった。いや、そんなことを言える身分じゃない。そもそも、この街角に立つまでのいきさつや葛藤《かっとう》を考えたらよくやったと褒めてやりたいぐらいだし、自分を卑下《ひげ》すれば仲間のエイミーやユキオをも侮辱《ぶじょく》することに繋《つな》がる。

そんな自分が一番卑怯だ。まだ確かな一歩も踏み出していないのに、怯《おび》えているだけなんて。

胸いっぱいに息を吸い込み、操は顔を上げた。ユキオのうしろに隠れてばかりではだめだ。

「――……あの、僕は、売り物なんです。その、ひと晩、あなたに買っていただくことができ、ます」

「いくらだ」

浩介の目が細くなる。

「今回が初めての仕事なんだ、十万……」

「百万出そう」

ユキオの声を遮って、浩介がなんでもないふうに言う。そしてジャケットの内ポケットから黒のカーフ《仔牛革》でできた長財布を取り出し、帯のついた札束を手渡してくる。

「封を切ってないから百万ある。確かめてくれてもいい」

「……正気、ですか？」

ひと晩の男を買うのに百万を出すなんて冗談なのか。しかも現金で。この仕事ではカード払いなんか受け付けるわけがないので現金取引が当たり前だが、それでも厚みのある札束には絶句してしまう。

ユキオも驚いて声を失っている。街娼に出す金としては破格すぎるのだろう。これはもっと高級なコールガールに出される値段ではないだろうか。

浩介はじっと見つめてきて、金をしっかりと握らせてきた。

「それでいまから明日の朝までの操の時間を買いたい」

「朝四時まで……ですけど」

「それでもいい。場所はどうしたい？」

どこでも……と口ごもると、ユキオが耳打ちしてくる。

「せっかくなんだから、ちゃんとしたホテルに連れていってもらいなよ。新宿西口のほうにシティホテルがあるからさ」

「……は、はい」

ワンナイト相手の連れ込み宿や簡易ルームなどが密かに建つ地域から抜け出して、高級ホテルに行ってこいとユキオは言う。

自分からねだるのはすこし恥ずかしかったので、「あなたの行きたいところで」と呟くと、「わかった」と浩介は頷き、背中に手を回してくる。

あの夜——台湾の夜みたいだ。

貴重な宝石みたいに扱われ、終始甘やかされた夜。煌めくダイヤモンドで敷き詰めたようなあの夜のことを、操は生涯忘れない。

もらったばかりの金をもたもたとボディバッグに入れ、ひらひらと手を振って見送るユキオに頭を下げた。

「行こう。タクシーに乗ろう」

浩介が耳元で低く艶やかに囁《ささや》いてきて、背筋がぞくりと甘く震えた。

とおされた部屋は怖いほどに静かだった。パタン、と浩介がうしろ手に扉を閉めると操たちは外界と切り離され、密度の高い空間にこもることになる。

西新宿に建ち並ぶいくつもの高級ホテルの中から浩介が選んだのは、都庁に近い高層ホテルだ。ツインルームを取った浩介に連れていかれた室内は思っていたよりも広々としていて、大きなソファやテーブルが設《しつら》えられている。

シックなネイビーのカーテンの向こうには、新宿の美しい夜景が広がっていた。部屋の主役は当然二台のベッド。一台一台が大きく、ふたり一緒に寝てもまだ余裕がありそうだ。

「座ろう。なにか飲むか?」

「あ、……と、ええと、じゃあ、なにかお酒を」

「ワインにしよう。白のシャブリが冷えている」

サイドボードに備え付けのミニ冷蔵庫を開け、浩介はハーフサイズのワインボトルを取り出す。

それから綺麗に磨かれたグラスを操に持たせ、とくとくと注いでいった。

「乾杯。ほんとうに久しぶりだ。相変わらずきみは綺麗だ」

「そんなこと、ないです。……お久しぶりです」

グラスの縁を軽く触れ合わせて、透きとおった白ワインを口に含む。きりっとした味わいのワインにはかすかな甘みがあり、張り詰めていた神経をなだめてくれそうだ。

ボディバッグからスマートフォンを取り出し、時間を確かめる。十時半。これから朝四時までの約六時間近くを彼と過ごすのだ。

百万円で買われたのだから、なにをされてもおかしくない。

――三年前はこのうえなくやさしかったけれど、今夜は金で買われたんだ。覚悟を決めなければ。

「シャワー、浴びてきましょうか」

ワインを呑み干す前にそう言うと、浩介はゆったりと長い足を組み、ソファに背を預ける。いますぐなにかをしたいわけではないようだ。

「いや、その前にすこし話そう。ああでも、今夜は花冷えしていたな。風呂で温まるか？」

言葉に詰まり、どうしようと考える。

買われたのだから、時間いっぱい彼に奉仕するべきなのだが。それともまさか、浩介は百万円でお喋《しゃべ》りしようというつもりだろうか。

部屋は暖かくふんわりとかすかな花の香りが漂っていたので心地好《ここちよ》い。ワインもまだ開けたばかりだということもあって、操は座り直した。

確かに、話をしなければいけないだろう。

真剣な顔で、浩介が切り込んでくる。

「三年前からいままで、どうしていた?」

その話を。


いったいどこから話そうと思案したものの、そういえば、と思いついて、「名前」と言った。

「まだ、ちゃんと名乗っていませんでしたね。星野操といいます」

「星野くんか、……そんなに素敵な名前を三年前に聞いていれば」

はぁ、とため息をついた浩介がワインを呑み、いたわしそうな視線を向けてくる。操を気遣っているような、出方を見守っているかのようなどっちつかずの目つきにそわそわしてしまう。

「俺は、撰原《えりはら》浩介という。俺からあのとき名乗って名刺を渡していればよかったな。格好つけてないで」

「いいえ、あんな場所でしたし、出会い方も出会い方でしたし」

「三年前、きみは大学の友人たちと台湾へ旅行で来た。俺は大事な取引先のパーティに招かれて、あの場にいたんだ。そこで出会ったんだな」

「浩介さ……撰原さんは」

「浩介でいい。いままでどおりが嬉しい」

「じゃあ、すみません。お言葉に甘えて……浩介さんは、おいくつなんですか」

「三十五歳だ。きみはあのとき二十歳だと言っていたから、いまは二十三かな？」

「はい。この間誕生日を迎えました」

「大学は無事卒業できたか」

どう答えようかと逡巡したのち、黙って首を横に振った。嘘《うそ》はつけない。

「中退、しました」

「どうして。楽しそうだったのに」

浩介は驚いている。

あの頃はそうだった。大学だけが気を抜ける場所だったのだ。オメガではあるものの必死に勉強し、両親の望む有名校に入った。操自身には興味がなくても建前だけは気にするふたりだったので、大学にはこだわった。ただ、医者になれとか弁護士になれとまでは言わなかったので、操は哲学部を選び、己の生き方に向き合おうと決めていた。そこで得た知識を生かして、将来、自分のように思い悩むオメガのためのカウンセラーになれたらと考えたのだ。

「……途中でいろいろとあって」

——あなたの子を宿したから。

ほんとうはそうなのだが、浩介にそれを簡単に告げることはできない。絶対に。

あなたは運命の番。それは僕しか知らない事実で、康太の件と同様に口にすることはない。

一方的に惚れたところで、そもそもワンナイトの相手だ。出会ったときから身分の違いは感じていたし、浩介は優れたアルファだ。彼を望むひとは数え切れないだろうし、浩介だって目が肥えているだろう。

だからあのパーティ会場で目と目が合った瞬間身体を熱くさせたけれど、すぐに自分を戒めた。恋に落ちたのは僕だけだと。浩介は一夜の熱を分け合いたかっただけだ。そんな相手に無様に『また会いませんか』と言うのは気が引けたし、自分にもささやかながらプライドがある。

オメガ男性だから妊娠する可能性があるのは知っていた。十歳でオメガと判明したのち一年入所した専門施設で、身体の仕組みやオメガとしての生き方を学んだ。

ひとの性欲を煽《あお》る生き物だからだろう。欧米ならともかく、日本はまだ保守的な雰囲気が強い国なので、公衆の面前で恋人同士が抱き合ったり、キスをし合ったりという場面から目を背けるひとびとは多い。そういうお国柄だからか、よけいに性的な匂いがするものは裏へ裏へと隠され、すこし前までは陽の当たらない場所で特殊な趣味を持つ者によって嬲《なぶ》られていた。

その頃から比べると、いまはほんとうに自由だ。オメガであっても普通に進学、就職をし、結婚をして家庭を作る者がいる。

ただ、どんな時代でも、たとえオメガではなかったとしても、レールから外れてしまう者がいる。

自分が、きっとそうだ。

同性の浩介と初めて身体を重ね、あまりの快感に浸って何度も何度もねだってしまった挙げ句、意識が朦朧《もうろう》とする頃にはコンドームがなくなり、行為をやめようとした浩介にすがって、「続けて」とせがんだのだ。

——だから、僕が背負っていかなきゃいけない。このひとに僕の決意を課しちゃいけない。

きっかけはどうあれ、こころからひと目で惹かれた男の子を宿し、産むと決めたのはこの自分だ。その判断に一瞬の迷いもなかった。だからこそ、生涯にただ一度の反抗に両親は激昂《げっこう》したのだろうけれど。

言葉を切って想い耽《ふけ》っていた操をいたわるように、浩介がワインを注ぎ足してくれた。

「……いまの俺には話せないほどのなにかがあったんだな。いつか、聞けるときが来るだろうか」

「え？　……でも」

今日ひと晩かぎりの邂逅《かいこう》ではないのか。

「今度はちゃんと連絡先を交換しよう。今日だけの幸運にしたくない。きみはいま、東京に住んでいるのか？」

「はい、この近くに」

「俺もだ。以前は世田谷《せたがや》に住んでいたが、新宿につい最近引っ越してきたんだ。まだ荷解きをしてないけど、ぜひ来てほしい。これが俺の連絡先だ」

財布とそろいの上質なカーフの名刺入れから四角い紙を渡された。そこには、操も知っている大手アパレルメーカーの名前と、代表取締役社長の肩書きを持った浩介の名が記されていた。会社は虎ノ門《とらのもん》。代表電話番号と、直結の電話番号が記されていて、裏返すと英文で同じことが書かれていた。

三十五歳の若さで大企業の社長とは。出会ったときからただ者ではないことは感じていたけれど、これほどとは思わなかった。

「SNSは?」

「LINE、やってます」

「IDを教えてもらっていいだろうか」

「はい」

言われるがままスマートフォンを取り出し、QRコードを読み込んでもらう。すぐに登録されて、目の前にいる彼から『こんばんは』とメッセージが飛んでくる。

『きみの電話番号を教えてくれ』

互いに向き合っているのにスマートフォンを弄《いじ》っている姿に緊張が解けてくすっと笑い、十一桁の番号を打ち込む。

秘密を漏らさなければ、連絡先を交換するのぐらい構わないだろう。

自分だって、ずっとずっと会いたかったのだ。

長くてあっという間の三年。夢にまで見た浩介が目の前にいる。

それがまだ信じられなくておずおずと手を伸ばすと、指先をやさしく絡め合わせ、グラスを取り上げられた。

引き込むように、その広い胸に抱き込まれていく。

「……会いたかった」

耳元で聞く蠱惑的な声に身体の芯が、じんと甘く痺《しび》れる。

嬉しい、嬉しい。感情の制御が利かず、泣き出してしまいそうだ。

「ぼく、も」

彼の肩口に額を擦りつけ、温かみを感じる。胸いっぱいに浩介だけの匂いを吸い込んだ。二年前とまったく変わらない、薄い官能的なコロンと彼の体香が混ざり合い、心臓がどくどくと躍《おど》り出す。

愛おしげに頬擦りしてくる浩介が至近距離で目の奥をのぞき込んできて、顔を傾け、軽めにちゅっと鼻にくちづけてくる。一瞬、くちびるにキスされるのかと動揺してしまったのが顔に出たらしい。

「くちづけはだめか？」

「あの——はい、いまは仕事……なので」

三年前の台湾では無我夢中でキスし合ったのだけれども、あのときとはもう状況が違う。情が移るからキスはだめ、とエイミーからのアドバイスも頭に残っていた。

そう言われずとも、浩介にはとうに情を残していたのだが。

「男に抱かれるのがいまのきみの仕事なのか」

抑えた声に責められている気になって身を竦めると、「すまない」と髪を撫でられた。

「違う、責めてるんじゃない。……すまん、妬《や》いてるんだ」

「なにになですか?」

ぜんぜんわからない。びっくりしていると、「心配もしている」と真顔になった浩介に両肩を摑まれた。

「きみに他の男が触れるのかと考えただけで耐えられない」

真摯な声音で言ってくちづけようとしたところでいったん考え込み、頬にキスを落としてくる。それからぼうっとしている操をゆっくりと組み敷いてきた。広めのソファだから男ふたりでもまだいくらか余裕がある。

くちびるをのぞいて、瞼や頬、鼻先にやさしくくちづけてくる浩介がそのまま首筋にそっと歯を立ててきた。肌の下から疼くような感覚がじわじわとこみ上げてきて、じっとしていられない。

「浩介さん……」と呟いて、彼の肩を摑んだ。

「ぼ、僕が……します」

「なにを?」

「なにか、あなたが気に入るようなことを。身体を売るのは今日が初めてなので……うまくできないかもしれませんが」

「ひとつ聞かせてくれ。あの夜から、きみに触れた男は？」

いません、と言いそうになってぐっと奥歯を噛み締める。浩介以外知らないと言ったら、いつか康太の存在を知られたときに彼の子だという証しになってしまう。それだけは隠さなければ。

「います。たくさん、いました」

こころにもないことを言い、つんと顎をそらす。はすっぱな態度を取るのは慣れていないのに。うまくいっているだろうか。ぎこちなく見えていないだろうか。

浩介はしばし視線を絡めてきたあと、深く息を吐いて、「罪深いな、きみは」と囁く。

「俺をかき乱してたまらなくさせる。——他の男はどうしてきた？　操をどう抱いた？　強く？激しく？」

知らないのだから答えようがない。瞳に力を込めて見つめ返すと、挑戦と受け取ったのか。浩介は首筋に強く噛みついてきてねろりと舌を這《は》わせてくる。痛みのあとの熱さに陶然《とうぜん》となり、「あ……」と声を漏らした。

「こう、すけ、……さん」

「他の男が激しくきみを抱いたんだとしたら、俺は同じことはしない」

「なに、なにを……あ、あ……！」

首筋を強く吸いながら、浩介はシャツのボタンをひとつずつ外していく。生の空気に素肌が触れ、息を呑んだ。心臓がごとごとと脈打ち、体温が急上昇する。のぼせてしまいそうな愛撫にすぐに堕ちてしまいそうだ。

シャツの前を開かれ、裸の胸に浩介が吸いついてくる。そのことにギョッとして身を起こそうとしたものの、大きな手で押さえ込まれた。

康太の授乳は終わっているけれど、ついこの間まで毎日吸われていた乳首はたぶん普通の男より大きめだ。すこし触られただけで赤く色づいてしまうのもいたたまれない。

「……こんなにいやらしい乳首だったか」

飢えた声の男が乳首を甘く食《は》んできて、「ん、ん」と声が詰まる。幼子の康太よりも熱心に吸われ、息が切れた。根元から勃ち上がらせるような舌遣いが意識に熱い靄《もや》をかけ、操を振り回す。れろれろと舌で先端を転がされて呻《うめ》くと、じゅうっと大きめの乳暈《にゅううん》ごと強く吸われる。

「あ、あっ、や、ん……っんぁ……っ」

「三年前よりずっといい身体だ」

独り言のように呟き、ちゅっ、ちゅっ、と乳首へのキスを繰り返す浩介はうっすらと汗ばんだ肌を探り、パンツのジッパーを下ろしていく。ジリッと金属の歯が嚙む音が数回に分かれたのは、操のそこがもうはち切れんばかりになっていたからだ。

「ん……っ！」

「反応が早いな。若いせいか？」

くすりと笑う浩介がゆるゆるとそこをまさぐり、「いいか」と操に確認してから下着をずらしていく。途端にぶるっとしなり出る性器に、顔が真っ赤になった。耳たぶの先までちりちり熱い。

「あ、あの……！　僕、だけって、いうのは……」

「きみを買ったのは俺だ。好きにさせてくれ」

「でも、あっ、あぁ……っ……！」

反り返るペニスをやさしく擦《こす》り立てられて、身体がぐぅんとのけぞる。びりっとした電流のような甘い刺激が足の裏から脳内まで突き抜けていく。絡みつく五指が操の先走りを使ってすべりをよくし、ぬるぬると動くのがたまらなかった。

根元からぬちゅりと扱《しご》き上げられ、くびれのところで輪っかになった指が何度も上下する。いい、と声が上擦りそうになって、急いで両手で口をふさいだ。たったひとりの男との三年ぶりのセックスで気が昂ぶっているようだ。こんなにも早く果てたのでは買ってもらった意味がない。

——もっと愉《たの》しませなきゃ。

そう思うこころが伝わっているのか、先端の割れ目に軽く指を埋めた浩介がそこをくちゅくちゅとくすぐってきた。

「あ、ッ、あぁ、や、だ、も、もう、あっ、あっ」

「イきそうか？」

「ん、んー……っ」

「何度でもイっていい。きみのイく顔を久しぶりに見たい」

「あ、う、う、いじ、わる……っ」

爪先をきゅうっと丸めて息を途切れさせ、たまらずに操は浩介の背中に抱きついた。このままでは彼の服を汚してしまうと意識の片隅ではわかっているけれど、もう我慢できない。手足の先が燃えそうで、どんなに強く浩介にしがみついても物足りない。もっと奥へ、深くへと沈み込んでしまいたい。その浅ましい願いを悟ったのだろう。浩介が骨も軋《きし》むほどに抱き締めてきた。

「イきた、い、イっちゃう、イっちゃう……！」

「全部見せてくれ。きみの可愛いところも、はしたないところも」

「あ、あっあっあっ……！」

逞《たくま》しい身体にしっかり四肢を絡みつけ、一気に昇り詰めた。

どくりと放つ熱の塊《かたまり》が痛いほどに精路を焼いていく。たっぷりとしたそれは浩介の手を、服を濡らしてもまだなお止まらず、びゅくりと飛んで弾け、腹にも散った。

「あ……あ……」

「まだまだ。朝まで時間はたっぷりある」

「ん……ぅ、……」

浩介は濡れたペニスを指で支えて、今度はぱくりと頬張ってきた。ひどく熱い感触にばくんと心臓が跳ね飛び、舌が割れ目の粘膜を甘やかに擦るたびに達してしまう。「やだ、いや」と弱々

しく呻いたものの、ほんとうに嫌なのではなくて、これ以上乱れたくないだけだ。

自分ばかり感じてしまって、すべてを晒してしまっている。

僕にもなにかさせてくださいと必死に懇願《こんがん》したのに、敏感になりすぎたそこを舐《ねぶ》り回されて幾度も絶頂を迎え、くたくたになった身体を浩介が抱き留めてくれる。途中で彼も服を脱ぎ、熱い肌を重ね合わせてくれた。

最後は起き上がってあぐらをかいた彼に背後から抱き締められ、まだ熱っぽい肉茎を弄られていく。

「きみとまた会いたい。どうしたらいい？　電話してもいいのか？」

「……ええ。いつ、でも……ん……」

仕事なら。

蕩けた吐息の最後にそうつけ足したのは、なけなしのプライドからだ。街娼としてようやく一歩を踏み出したのだから、身を粉にしてでも稼がなければ。

そもそも浩介とワンナイトの相手——そして今夜も客として再会したのだ。忘れられない男であったとしても、油断すればふわりと滲み出すような恋心を露骨に表してしまえば仕事にならないし、浩介も醒めてしまうだろう。

なにより、康太のことを秘密にしておきたい。

一線を引くためにも、「ビジネスなら……会います」と憎まれ口を叩いてしまう。

浩介がぎゅっと眉をひそめたのがわかった。金目当てかと不愉快なのかもしれない。そうだとしても仕方ない。ほんとうのことだから。

「……わかった。きみが満足する以上の金は支払う。だから、また会ってくれ。頼むから、他の男にこの身体を明け渡さないでくれ」

「そ、れは……っあ、あ……！」

浩介ひとりに絞ったらよけいに好きになってしまうではないか。

返事に迷っていることに、浩介が昂ぶり続ける下肢をねっちりといたぶる。ついすこし前まで達しそうだったのに急に緩慢な動きに戻されてしまってつらい。

立てた両膝を擦り合わせてもぞもぞしていると、「どうしてほしいんだ？」と耳たぶをいたずらっぽく囓《かじ》られる。

「う……う、焦らさない、で……ください」

「俺だけにイかせてほしいと言えたら望みどおりに」

「く……っ」

意地悪、意地悪、と言い続け、無意識に両の爪先をばたつかせた。ちいさな子どもがぐずるかのように。うしろからすっぽりくるまれ、安堵と快感、そして不安の狭間《はざま》で揺れ動いている。立て続けにイかされて反論する力が残っていない。

ただ無性に甘えてみたかった。三年前は酒の力もあったし、初めての夜ということもあって気が張り詰めていたけれど、奇跡的に再会した今夜はすこし違う。

一度彼を知ってしまった肌にまた熱を移してもらえたのだ。この三年、繰り返し思い出し、ヒート中は浩介を思い出してたまらずに自慰に耽ったときがある。淫夢だって見たことがある。他の男に身を任せて想い出を汚すぐらいなら、ひとりで浩介との夜に浸ったほうがずっとよかった。

そんな夜がいくつもあったことを知らないだろうに、浩介はじっくりと亀頭の丸みを手のひらで味わい、擦り立てていく。三年前みたいに繋がるんじゃないだろうかと思っていたのだが、今夜はそこまでしないようだ。

「し、しない……んですか？　最後まで……。ローションも、ゴムも、持ってます」

「今夜はお預けにしておこう。そのほうがきみに近づく理由が増える」

そんなの。そんなの。いちいち建前を探さなくてもただ抱きたいと言われたら好きなようにさせるのに。

会いたい理由を突き詰めてしまえばこの恋心は完全なものになってしまう。それが怖くて、自分のこころの行方がわからなくて、操はぐずり続けた。

最後には屈するとわかっていて。

いますぐにも次の約束がしたい。ひとつひとつ会う理由なんか探さなくても自然なぐらいそばにいたい。

だけどそれは過ぎた願いだろう。いまの自分は街角に立ってひと晩のパートナーを探す立場だ。

身分も育ちも違う彼に、多くのものを求めてはいけない。

――康太以上に欲しいものなどない。康太がいてくれれば、それでもういい。

「操、ほら、もっと足を開いて」

甘くそそのかす声に、操はしゃくり上げながら身をよじった。

「みー、きょうすーぱーいく？　すーぱー」

「行くよ。十時頃かな。康太も一緒に行きたいよね」

「いく！　あのねぇ、ういんなー、ししょくしたい」

いつものおねだりにふふっと笑ってしまった。スーパー大好きっ子の康太を連れていくと、真っ先に試食コーナーを目指してしまうので、一時《いっとき》も目が離せず、大抵は抱っこか、スリングに収まってもらっている。

最近は歩くのが楽しくなってきた年頃で、とくにキュッキュッと音が鳴る靴を買ってからはどこでもひとりで歩きたがった。

近所のママや子どもたちが集う公園に行くと自由にさせているが、歩道や公共施設、スーパーといった人出の多い場所では気がはやるのか、あちこち目移りして手を繋いでいても無理やり振り解いてどこかに走っていってしまうことがあるので、しっかりと胸に抱きかかえるほうが安心だ。

昨日は街角に立たなかったので、康太と一緒に眠り、朝七時頃には起きて朝ごはんを食べた。

浩介から大金をもらった直後ということもあったし、三年ぶりの再会にまだ動揺していた。これではとても他の男を誘う気分にはなれないと判断し、三日ほど休んでゆっくりし、その間は康太のそばにいようと決めたのだった。

この年齢なら保育園や幼稚園に行っていたほうがいいのだが、操の仕事を考えると二十四時間営業の託児ルームのほうが合っている。そこではお決まりの授業がないぶん、ゆったりした環境で子どもたちを好きに遊ばせ、知育番組やおもちゃなどにも触れさせている。新宿という場所にあるので夜の仕事に従じる親たちが多いけれど、不思議と連帯感が生まれるのか、託児ルームはいつもそれなりに賑やかで和やかだった。

操が休む間は康太も託児ルームを休ませ、つねにぴったりとくっついて過ごした。

今日は朝から天気がいいから、急いで洗濯物を干して、きらきらした春の陽射しを楽しみに外に出よう。

洗濯機だけはかなり奮発して、ドラム式の乾燥機つき洗濯機にした。子どもの洗濯物が毎日出るので、洗いから乾燥まで自動でやってくれるのはほんとうにありがたい。

アパートの窓からは明るい陽のひかりが射し込んでいる。今日はなにを着せようかなと考え、オフホワイトのサロペットにひよこ色のパーカを合わせ、足元も黄色のシューズにする。パーカにはひよこのくりくりした目とくちばしがついていて、いかにも可愛らしい。

男の子だし、すぐに成長してしまうのだから、安価なTシャツやパンツといった格好でもいいと思うのだが、いましか可愛い服は着せられない。親のエゴだなとわかっていても、幼いうちにしか着られない服をたくさん着せたい。

幸い、康太も可愛い格好をするのは好きなようで、スーパーで顔なじみの店員に「今日も可愛いわねえ」と褒められるとにこにこしている。

コットンの長袖Tシャツを一番下に着せてサロペット、そしてパーカを羽織った康太をスリングに入れて、空色の明るいシャツとジーンズを合わせた操はエコバッグと財布を持って外に出た。

「わぁ、まぶし……！」

降り注ぐ光に、康太が嬉しそうに目を細める。それから甘えたように操の胸に頭をぐりぐりと押しつけてくる。

「ねえ、ねえ、こうえんもいこ？　おすなばであそびたい」

「いいよ。せっかくだから、お昼も公園で食べようか」

「いいの？　おべんとかう？」

「そうだね。康太の好きなたまごとハムのサンドイッチとミルクティーを買っていこう」

「うん！　あいすも！」

「はいはい。特別だぞ」

短い手足をぱたぱたさせて喜ぶ我が子の頭のてっぺんにちゅっとキスを落とし、最寄りのスーパーへと向かう。近所には三軒のスーパーがあり、それぞれに特売日や特売品が違う。操は大抵

一、二軒を回って賢く買い物をし、時間のあるときに作り置きをするようにしていた。
ごはんを大量に炊いて小分け冷凍し、ハンバーグや肉団子のタネを作る。ほうれん草やブロッコリーもいっぺんゆがいて冷凍し、いつでも使えるようにしていた。ブロッコリーにマヨネーズをかけたものが康太の大好物なので、毎日の食卓に欠かせない。アスパラも好きだし、プチトマトも好きだ。好き嫌いなく食べてくれるので、作り甲斐がある。

唯一苦手なのはピーマン。あの独特の苦みがだめらしい。大人になると美味しく感じられるピーマンなのだが、子どもらしい好き嫌いに笑いながらも、すこしずつ克服させたいなと考えている。

赤い籠をカートに載せて、店内を練り歩く。サラダ用のトマトと新鮮なブロッコリーを買い求め、特売になっていたしいたけも買った。これで美味しいスープを作ろう。

「こうくんね、しいたけすきー」

「だよね。しいたけ焼いたのも好きだし」

今夜はミートドリアとしいたけスープ、サラダにしようと決めて、籠に食材を入れていく。ドリアに使う挽《ひ》き肉《にく》は安売りしていたときに買ったものを小分けにして冷凍してあるから大丈夫だ。タマネギと缶詰めのコーン、切らしていたパセリとレタスにトマトも買うことにする。このあと公園に行くなら傷みが気になる生物《なまもの》を買うのはやめておこう。牛乳もまだストックがある。最後に、康太の大好物であるバニラのカップアイスを籠に入れた。

「操、買い物？」

突然声をかけられて振り返ると、エイミーだ。眠そうな顔をしているところから、仕事から戻ってきたばかりだろう。光沢のある黒のサテンシャツにスリムなジーンズがよく決まっている。今日も綺麗なボブヘアだ。

「お疲れさまです。いまから眠るところですか？」

「そう。帰る前になんか食べるもの買ってこうかなって。こーう、元気してた？」

「してた！　えいみーちゃんは？　おなかすいた？　いっしょたべる？」

「一緒？」

「サンドイッチとお茶を買って公園で食べようかなと思ってるんです」

「いいね。今日天気いいし。交ぜてもらっていい？」

「どうぞどうぞ」

「どーぞ」

くすくすと笑ったエイミーが康太の髪をくしゃりとかき混ぜる。惣菜コーナーでめいめいに好きなサンドイッチと飲み物を選んで、レジに向かっていく。康太が電子カードで決済したがったので抱き上げてやり、カードをかざしてもらう。

ちゃりん、と可愛い電子音にきゃっきゃっと喜ぶ我が子にエイミーが口元をほころばせていた。クールな彼だが、案外康太を可愛がってくれている。操が用事で役所などにさっと行かなければいけないときなど、隣室のエイミーにちょっとだけ預かってもらうよう頼むと快諾してくれる。

添い寝もうまいし、絵本の読み聞かせも上手だ。

「エイミーさん、子どもに慣れてますよね」

「実家に姉の子どもがいるんだ。私がこうだから実家にはめったに帰らないけど、姉とはこっそり会ってる。昔から私の味方だったから。甥っ子も懐いてるんだ」

「そうだったんだ。ふふ、見てみたいな。きっとエイミーさんに似てきりっと格好いい子なんでしょうね」

「それが甘いもの大好きな甘えん坊でさ。三歳にもなるのに姉がトイレに行っただけで不安になっちゃう子なんだよ。毎朝保育園に行くのもひと苦労らしいよ。離れたがらなくて。私とも会うとすーぐ駆け寄ってきて抱っこしてほしがるんだよね」

「この子と一緒で可愛い盛りなんですね。お母さんのこともエイミーさんのことも大好きで仕方ないんじゃないですか」

「今度、写真見せてあげる」

ウインクするエイミーとビニール袋を下げてスーパーを出て近くの公園へと向かう。

途中で康太が歩きたがったのでスリングから下ろし、エイミーと手を繋いでもらった。ちいさな手を信頼しきった顔でエイミーに差し出し、ぎゅっと握ってもらう。ぷっくりとした頬が嬉しそうに赤く色づいているのを見たらこっちまで嬉しくなってくる。

「康太、エイミーさんが好きだよね」

「ん、だいすき。えいみーちゃん、いつもいいにおい。やさしいの。えほんよむの、じょうず」

「そう？　すぐ寝ちゃうくせに」

擦り寄る康太の頬をエイミーがつんつんと指でつつくと、ぷうっとふくれている。二歳でも、恥ずかしいという感情は立派に育っているようだ。

横断歩道をみんなで手を上げて渡り、花々が植わった公園へと立ち入る。桜の季節はもう終わっているけれど、新緑へ向かう木々は清々《すがすが》しい。

新芽を出している桜の下のベンチに陣取った。康太を挟んで、エイミーと自分。スーパーで買ってきたサンドイッチや唐揚げ、飲み物を取り出した。いつも持っているウェットティッシュで康太の手を拭き、エイミーにも「どうぞ」と渡す。

「ありがとう。子どもを持つと荷物が多くなるよね」

「ですね。最近やっとパンツに慣れてきたんですけど、万が一のこともあるからおむつも入れてるし。お気に入りのキャンディやぬいぐるみは自分のポシェットに入れるんですけどね」

いまもそうだ。

斜めがけにしたクマのポシェットには康太が好きないちごのキャンディと、ちいさなクマの編みぐるみを大切そうに入れ、ときどき蓋《ふた》を開けて嬉しそうにのぞき込んでいる。

康太はなにかとクマ好きで、家で着ている着ぐるみパジャマもクマだ。ブラウンのもこもこした耳つきフードをかぶってバンザイして眠っている我が子を見ると、疲れなんか吹っ飛んでしまう。

美味しそうにサンドイッチにかぶりついている康太の膝に散るパン屑を丁寧に払ってやっているエイミーは目を細めていた。

「エイミーさん、……いいひと、いるんですか？」

「いないよ」

さらりと言って、エイミーは食べるのに夢中な子どもの頭をやわらかに撫で、自分もたまごサンドをぱくつく。

「作る気もないし」

「あ、そ、そうなんだ。すみません、変なこと聞いて」

プライベートなことに突然立ち入ってしまったなと恥じ入っていると、「私さ」とエイミーがなんでもないふうに呟く。

「若い頃に堕胎してるんだよね」

「え……」

「ちょっと無理やりされたことがあって。それで、できにくい身体になっちゃった」

康太がいるせいか、言葉をはしょっているけれど衝撃的な内容だ。

「だから、特定の相手を作る気は当面ないの。その点、いまの仕事は気楽」

「エイミーさん……」

なにをどう言っていいかわからず、内心もどかしい。こうしたとき、言葉は無力だ。大変でしたね、とか、つらかったでしょう、とか上っ面なことは言いたくない。

オメガゆえの災難を、エイミーはひっそり抱え込んでいたのだ。なのに、康太にやさしくしてくれる。

それ以上は言うつもりがないらしい。澄ました顔でミルクティーを飲んでいるエイミーの横顔を見つめていた。

じわっと目端が熱く滲むのを急いで抑え、買ってきたばかりのスーパーのビニール袋をがさがさ探る。

「エイミーさん、これ。お好きだったら。美味しいですよ」

「ん……？　胡桃《くるみ》の蜂蜜がけ？　うわ、カロリー高そう」

くすくす笑うエイミーがパッケージの封を切り、胡桃をぽんと口に放り込む。

「甘い。美味しい」

「僕も好きなんです。以前、バイトから帰ってくるとよく食べてたんです」

「ご褒美ってわけか。そういえば、あんた、初日以来街に出てないでしょ。相手の男がすごい金払いのいい奴だったってユキオが言ってたけど」

「……ええ。もらいすぎなぐらい。百万、いただいてしまいました」

ヒュウと口笛を鳴らすエイミーが足を組み替え、胡桃をもうひとつ噛み締めている。

「定期的に会えば安定じゃない？　ま、愛人生活になると思うけど」

「街に行くのと……ひとりのひとと会うのと、どっちのリスクが高いですか？」

康太の耳を気にして、要所要所をぼかす。この年頃の子どもは大人の発した言葉を素直に吸収し、あちこちで振りまいてしまう。託児ルームには訳ありの子どもが多く預けられているが、それでも自分の親が『夜、街に立ってる』となんの気なしに口にしてしまえば保育士や他の親たちも驚くだろう。

そっと康太の様子を見ると、サンドイッチとアイスに夢中だ。三角のたまごのサンドイッチが大好きで、いつも無心になって食べている。これなら大丈夫かなと康太の頭越しに会話を続けた。

エイミーも言葉を選んでくれている。

「どっちもどっち。街は誰に出会うかわからない博打《ばくち》みたいなものだし、ひとりのひとってのは囲われ同然だからね。収入は安定するかもしれないけど窮屈だし、高額を払われるとなったらなにをされるかわからない」

「どっちも危険であることは間違いないんですね。……そうか」

「その男って、前からの知り合い？　ユキオがなんかそんなこと言ってた」

「……この子の」

ちらりと視線を落としたあと、エイミーと視線を交わす。

そこに込められた意味を悟ったのだろう。

「……ああ、なるほどね。偶然の出会いってほんとうにあるんだ。よかったじゃん。ちゃんと言った？」

「言ってません」

「なんで」

だって、立場が違いすぎるから。

ぽつりと呟く。

「彼……アルファなんです。僕はオメガだし」

「時代錯誤じゃない、そういうの。最近は抑制剤だっていいのが出てるんだし、アルファだって見境なくオメガを襲うわけじゃないでしょ。あんたのヒートだってずいぶん抑えられてるなって感じるもん」

「匂います？」

「そりゃ同族だから。そうじゃなくても私、鼻が利くほうなんだよね。操はちょっと濃いめの甘いフェロモン。ダダ漏れだったらそこらの男はみんな理性吹っ飛ばしてるけど、抑制剤でだいぶ薄まってる。いいコロンをつけてるのかなってぐらいだよ。それにさ、アルファだって抑制剤を飲んでるんだよ」

「そうなんですか？」

「これはここ一、二年のことだけど。アルファの衝動を抑えるための薬というのが開発されたんだよ。いままでアルファ側は自分たちの疾患を認めようとしなかったけど、オメガのフェロモンに突き動かされる本能は確かにあるわけだしね。大手の製薬会社が研究を重ねた結果だよ。いまのところはまだ、一部のアルファが飲んでるんだけど、しだいに普及していくと思う。私をよく買ってくれるひとも飲んでる」

　ボディバッグから煙草を取り出したものの、喫煙所が離れていることに気づいたエイミーはパッケージをひと差し指でトントンと叩いて一本取り出すものの、親指で押し戻している。

「吸ってきてもいいですよ。ほら、あそこに灰皿あるし」

「んー……じゃあ、一本だけ吸ってくる」

「えいみーちゃん、たばこ？　からだによくないよ」

「大人になると悪いことがしたくなるの」

　綺麗なウインクをして、エイミーはすたすたとすこし離れた喫煙所に向かっていく。この公園はまだそこまで開発されていないので、煙草を吸うブースが隔離されているわけではなく、灰皿が置かれている場所が決まっているだけだ。

　遠目に、美味しそうに煙草をふかすエイミーを眺め、サンドイッチとアイスをぺろりと平らげた幼子に乳酸飲料のパックを与える。

「はぁ……、おいしい」

「よく食べたね。偉い偉い」

「こうくん、いいこ？　なでなでしてくれる？」

「いい子いい子」

笑いながら康太の頭をやさしく撫でる。

「えいみーちゃんもほめてくれる？」

「うん、あとで褒めてもらおう」

満腹になってもたれかかってくる康太はすこし眠そうに瞼を手のひらで擦っている。エイミーが戻ってきて、「おねむかな？」と微笑みかけてくる。

「お腹いっぱいになるとすぐ眠くなっちゃうんですよね」

「大きくなるよ、この子」

可笑しそうに言って、エイミーがよいしょと康太を抱き上げた。一瞬びっくりした顔の康太だが、すぐに嬉しそうにその首にぎゅうっとしがみつく。

「あったかいなあ、康太は。もちもち」

「もちもち？」

「気持ちいいってこと」

「こうくん、きもちいー？」

鼻先をすりすりと押しつけている我が子に、エイミーはまなじりをやわらかくしている。

食べたものをビニール袋に片付け、そろそろ帰ろうかなと準備しているところへ、スマートフォンが鳴り出した。液晶画面を見てどきりとする。

浩介だ。

あれから毎日ＬＩＮＥでメッセージを送ってきてくれていたけれど、一線を越えちゃいけないと当たり障りのない返答に努めていた。それに焦れたのか、直接電話をかけてきたようだ。

「すみません、電話に出てもいいですか」

「いいよ」

エイミーに正面から抱きついて手遊びしている康太を視界の隅に置いて、ベンチからすこし離れる。

「……もしもし？」

『よかった、出てくれて。いま、すこしいいだろうか』

「ええ、大丈夫です」

『この間からきみのことばかり考えている。焦る男はみっともないと笑われそうだが、会いたくてたまらない。よかったら、今夜食事でもどうだろう。もちろん、そのあとのことはなくてもいい。一緒に夕飯を食べたいだけなんだ』

受話部から流れ出してくる艶やかな声に聞き入り、じわりと身体を疼かせた。

熱い素肌に抱かれた夜は、ついこの間のことだ。忘れようとしたって忘れられるわけがない。

「……夕飯だけなら、いいですよ」

『よかった。なにが食べたい？　きみの好きなものを食べに行こう。フレンチ、チャイニーズ、懐石、なんでもいい。イタリアンもいいな』

「そんな、気の張らないところでいいです。普通の定食屋でも」

『さすがにきみとの最初のディナーに定食屋はもったいないな。……だったら、そうだな。俺のマンション近くに旨《うま》いトラットリアができたんだ。そこに行かないか？』

「わかりました。時間と待ち合わせ場所を教えてくだされば伺います」

そこで軽く打ち合わせをし、電話を切る。

今夜七時、西新宿のビルに入っているトラットリアで。

「約束？　今日は休むつもりだからデートだったらこの子預かるよ」

ベンチに戻ると、エイミーの胸に顔を押しつけてうとうとしている康太が目に入る。確かにこれは大きくなるかもなと微笑んだ。子どもらしいまるまるとした膝にえくぼができていてテディベアみたいで愛くるしい。

そっと近づき、「康太、エイミーさんのところでちょっとだけおやすみできる？」と囁く。

「ん……いつかえってくる……？」

「遅くならない。夜中には。約束する」

「おみやげ、かってきてくれる……？」

「わかった。康太の好きなもの探してくる」

こくりと頷く康太の頭を撫で、いい子だなとしみじみ思う。わずか二歳でも、操が奔走していることを理解しているのだ。めったにわがままを言わず、我慢強い。でも、無理をさせるのもよくない。

自分が寂しい子ども時代を送ったのだから、康太にはいっぱい甘えてほしい。

「早く帰ってくるから」

「わかった……」

「こーう、私と一緒にお風呂入ろう。お風呂場にアヒルのおもちゃ、あるし。ごはんも一緒に食べよう」

「えいみーちゃんと……？　ん、いいよ」

ふにゃっと笑って、康太はまた眠そうに瞼をぱちぱちさせる。

「このままおんぶして帰ろう。荷物も持っていこうか？」

「いえ、一度アパートに戻ります。約束は夜なので」

「もしかして、くだんの男？　深入りするのもしないのもあんたしだいだけど、避妊だけは気をつけなよ」

「わかりました」

頼もしい先輩と約束して、食材の詰まったビニール袋を持ち上げる。

帰り道、先ほどの電話を思い出していた。

急いた声だった。会うことに承諾すると、わかりやすくほっとしていた。

——可愛いひと、だよな。

年上のひとだけど、そんなふうに思う。見た目は完璧な大人の男なのに、ふとしたときに素直な表情が垣間《かいま》見える。そのギャップにも惹かれてしまう。

いけない、とわかっていても、もともと自分にとっては運命の番だ。惹かれないわけがない。

番とは不思議なもので、目と目が合って互いに運命だと確証する場合もあれば、アルファにうなじを噛まれて契約を果たし、番となるケースもある。

自分の場合は、一方通行な運命を感じた番だ。

まれに一方しか運命を感じないことがあると、オメガの施設で教わった。ひと目惚れと一方通行でも運命づけられた番が似ているようでいて絶対に違うのは、初めての性行為でもかなりの確率で妊娠するということだ。

そのとおり、操は浩介とたった一度のセックスで康太を宿した。

もし、浩介のほうでも自分を番だと認識していたらもっと衝動に突き動かされていたと思う。番相手にはアルファの抑制剤も効かず、ただもう交わることしか頭に浮かばないそうだ。

実際、操はそうだった。指で頬をなぞられるだけでぞくぞくし、もっと暴かれたい、もっと探ってほしいと全身で訴えたあの夜。

浩介も操を番だと感じていたらそう言っていたはずだ。だけど、それはなかった。たぶん、暴走したオメガのフェロモンにあてられただけなのだろう。

一度きりの宝物にしようと思っていたのに、三年を経てまた会うとは。

家に戻り、隣室のエイミーに康太を預けて操は室内を丁寧に掃除し、シャワーを浴びる。

夜までまだ時間があるのがもどかしかった。


誘ってもらったトラットリアで美味しい食事を楽しみ、デザートのカシスジェラートを口に運ぶ頃、「これを」と浩介から分厚い封筒を渡された。

訝しく思ってそっと中身を見ると、帯のついた札束がふたつ。

「もらいすぎです」

咄嗟に押し返したのだが、「いいんだ」と手を重ねられた。

今夜はワインのハーフボトルをふたりでゆったりと空け、それなりに酔いが回っている。

それでも二百万円はいくらなんでももらいすぎだ。そこまでのサービスはしていない。

「ひとつ、願い事があるんだ」

「なんでしょう」

「きみがいま住んでる部屋に招いてくれないか？　もちろん、泊まりたいなんて図々しいことは言わない。ただ、どんなところに住んでいるのか興味があるんだ」

そこでグラスに残ったワインを呷《あお》り、浩介は咳払《せきばら》いをする。

「その、ひとりで暮らしているのか……とか」

「……」

ひとり、ではないので、ちょっと言葉に詰まった。

部屋に連れ帰るのはいささか恥ずかしい。アパレルメーカーを切り盛りしている彼からしてみたら、吹けば飛ぶようなアパートの一室だから。

それに、康太がいる。

誰の子なんだと聞かれるのは必至だろう。

そのときに、「あなたが知らなくていいことです」とうそぶけるかどうか。

今夜アパートに戻ったらエイミーから康太を受け取る。そこに浩介が同席していたら、かならず誰の子かと問いかけられる。シングルです、これ以上は言いませんと頑なに拒んだらさしもの彼でもそれ以上は突っ込んでこないだろうけれど、確たる疑問として残るだろう。

会わせるべきか、会わさざるべきか。

「うちは、ちょっと散らかっているので。それにそんなにお見せできるほどの部屋ではありません」

「でも、いまの操がどういう暮らしをしているか知りたいんだ。……街角に立って他の男に身を任せるぐらいなら、俺がなんとかしたい」

懸命に言い募る彼にため息をつき、スプーンを置いた。このままでは引き下がってくれないだろう。

だったら、ほんとうの暮らしというものを見せて、彼の目を覚まさせることも必要かもしれない。外に出てくるときは一応身だしなみを整えているが、日々の暮らしは慎ましいし、幼子との毎日はなかなか戦場だ。

粗末な生活を見て、引くならそれまでだ。

舌でくちびるを湿らせ、息を吐く。

「……いいですよ。ほんとうに狭い部屋ですけど」

「ありがとう。嬉しいよ」

言葉どおりに顔をほころばせる彼に戸惑ってしまう。

――もしも、あなたも運命の番だと感じていたならいま頃はもっと違う関係なのに。

詮無《せんな》いことを言っても仕方ない。浩介と自分の間には深い溝があるのだ。

想い耽ったために味がしなくなってしまったジェラートをなんとか食べ終え、カプチーノで締めくくる。

当たり前のようにすでに浩介が会計を終わらせていたので、すこしでも出そうと財布を取り出したのだが、「今日は俺が誘ったんだ」といいなされてしまった。

「また一緒に食べよう。きみは美味しそうに食べるから見ていて楽しい」

「がっついてましたか、僕。すみません」

日頃、ささやかな生活をしているので高級料理には慣れていない。幼い頃は確かに家のシェフが毎日腕によりをかけてありとあらゆる料理を作ってくれていたのだが、それを食べるのは自分ひとりだった。両親は外食か、操が眠ったあと遅く帰ってきてふたりで食べるのがほとんどだった。だから、誰かと食卓を囲んだ記憶は物心ついた頃からあまりない。大学に入って、友人とランチに出かけるだけでも嬉しかったし、いまでも台湾旅行の想い出は格別だ。

もてなすのがうまい浩介は、きっと両親や友人に愛されて育ってきたのだろう。他人と楽しく食事をするのが自然だ。

「美味しかったです。ほんとうにごちそうさまでした」

「どういたしまして。また来よう」

さりげなく次の約束をしてくれることに胸が騒ぎ、彼が呼んだタクシーに乗り込む。

アパートの行く先を告げる間もどきどきしていた。

木造の二階建てアパートを見たら、浩介はなんて言うだろう。２Ｋなんて、絶対彼にしてみたら狭いはずだ。

でも、これがいまの自分だから。

羞恥《しゅうち》で頬に熱が集まるのを感じながら膝の上でぎゅっと拳を握る。

何度か、「やっぱりやめましょう」と言いかけようとしているうちに、タクシーは西新宿のアパート前に着いてしまった。

このあたりは街灯がすくなく、やや薄暗い。アパートの窓から漏れる灯りを頼りに浩介を案内し、まずは自分の部屋にとおすことにした。

「狭い部屋ですけど……すみません」

「謝ることなんかない」

意を決して薄い扉を押し開ける。

ふわりと甘い香りが漂うのは、ちいさな子と暮らしているせいか。

「どうぞ。上がってください。いま、お茶を淹れますから。日本茶か紅茶、どっちにします？　ティーパックだけど」

「じゃあ、紅茶をいただこうかな」

物珍しそうな顔で靴を脱ぐ浩介があとに続いてくる。急いで電気ポットで湯を沸かし、ティーパックをマグカップに落とした。熱い湯を注ぎ、狭いキッチンに置かれた四角のちいさなテーブル前に立つ彼に、「座ってください」とうながす。椅子は二脚ある。それと、康太用のハイチェアも。

浩介の視線がハイチェアに釘付けになっていることに気づいていた。

なにか訊かれる前に、「ちょっとお留守番していてもらえますか。すぐ戻ってきますから」と頼んだ。

「わかった」

浩介は素直に椅子に腰掛け、熱々のマグに手を伸ばす。それを見届け、操はいったん部屋を出て隣へと向かう。チャイムを鳴らせば、「はーい」という声とともに、康太を抱いたエイミーが顔を見せた。

「さっきまで元気に遊んでたんだけど、スイッチ切れたみたいに寝ちゃった」

「すみません、ご面倒をおかけして」

「このぐらいなんてことないって。お風呂にも入れといたから」

それからエイミーは形のいいくちびるの端をきゅっと吊り上げる。

「例の男？」

「……はい」

「じゃ、私はカフェでも行ってこようかな」

「い、いえ、すぐに帰っていただきますから」

「気にしないでよ。ここの壁薄いの、あんたも知ってるでしょ」

意味深な笑みを浮かべ、ついでにクラブでも行ってこよっと、と言ってエイミーはスマートフォンだけを持って出ていった。

ぐっすり眠っている康太を抱き締め、操はしばし立ち尽くす。

腕の中の重みはしあわせの象徴だ。この温もりがあるから、自分はなんでもできる。頑張っていける。

頬擦りして、寝ぼけた康太がちゅっちゅっとくちびるを鳴らすのを聞きながら自分の部屋へと戻った。

「おかえり、早かったな」

コンビニにでも行ってきたと思ったのか、浩介が腰を浮かす。そして、操の腕に抱かれた子どもを見てはっと目を見開く。

「……その子は？」

「僕の子です。寝かせちゃいますね」

それだけ言って奥の和室に康太を連れていき、てきぱきと布団を敷く。康太から服を脱がせて長袖のオーガニックコットンでできたロンパース姿にし、クマの着ぐるみパジャマを着せて布団に横たえた。着ぐるみパジャマも薄手のコットンでできていて、この季節にはちょうどいい。冬場はもこもこ素材を気に入る康太だが、子どもは体温が高いので、夜中に布団を蹴っ飛ばすことがしょっちゅうある。だから体温の調整ができるよう、操はつねに気をつけていた。

落ち着いた格好で、すう、と穏やかな寝息を立てる我が子の髪をかき分け、頬を撫でていると、背後から浩介が静かにのぞき込んでくる気配がする。

「……その子は……きみが産んだ子なのか」

「そうです」

「いくつなんだ？」

「二歳、です。あなたとは関係ありませんから」

先に釘を刺して、安心しきって眠る子の頬にキスしてから、和室のふすまを閉める。完全には閉めず、キッチンの灯りが届くようにしていた。康太はめったに夜泣きをしない子なのだが、ほんのときどき目を覚ますとき、ひとりだとわかると身も世もなく泣きじゃくると託児ルームでも訊いたことがある。

ちいさな身体を震わせて大泣きする姿を想像するのはつらい。康太だって体力を使うし、あとで苦しいだろう。託児ルームは二十四時間営業で、ほとんどの場合は誰かしら預けられているのだが、まれに康太ひとりということもある。そういうとき、保育士が飛んでいって一生懸命なだめてくれることも知っている。

自分ひとりで育てているような顔をしていても、エイミーや託児ルームの力添えがなかったらとてもじゃないが無理だった。

「……よく寝ているので、静かに話しましょう」

「わかった」

浅く顎を引く浩介だが、やはり動揺しているようだ。

「……他の男との間にできた子なのか？」

「ええ」

しばし、沈黙がふたりの間に落ちた。

多くの男と関係を持ったという嘘がいまになって重くのしかかる。

——誰だ。

そう言いたいのに言えない葛藤を強く感じる。彼なりのプライドだろう。

操も迂闊《うかつ》に口を開けばよけいなことを言いそうだから、黙って自分用に紅茶を淹れた。

康太とふたりのつましい暮らしの中で、紅茶をゆっくり飲むのは至福の時間なのだが、今夜はやけにぴりぴりと神経がささくれる。

いつもは砂糖なしで飲むのだが、今夜はすこし甘さが欲しい。食器棚にしまってあったスティックシュガーを取り出し、半分ほど落として味を確かめ、結局丸ごと入れた。

「あなたもお砂糖、要りますか？」

勧めてみると、浩介はちょっと困った顔をしながらも、「ああ」と頷きながら頬を引っかく。

彼もスティックシュガーを一本丸々落とし、渡したスプーンでかき回す。そしてひと口飲み、「甘いな」とかすかに笑う。

ですね、と答えてもうひと口。確かに甘い。でもほっとする。

「……ひとりで育てるのは大変だろう」

ぽつりと呟く男を見つめた。なにか批難されるのではないかとこころの中でいささか怯えていたから、この言葉は意外だった。

居住まいを正し、両手でカップを包み込む。じわりとした熱さが手のひらに移ってくる。

「魔の二歳ですからね。毎日戦場ですけど、いい子なので。……僕の立場をよくわかっているのか、わがままもあまり言いませんし、よく食べてよく遊んで、よく寝る子です」

「さっきちらっとしか見えなかったが、とても綺麗な顔をしていたように思う。きっときみに似たんだな」

曖昧《あいまい》に微笑み、——あなたにそっくりなんですよ、と胸の裡で返す。

隣室でぐっすり眠っている康太を抱き上げてきたい気持ちをぐっと抑えて紅茶を飲む。そしてあらためて室内をぐるりと見回し、「狭いでしょう」と恥じらった。

「でも、住みやすいんです。子どもの顔も見える距離だし、隣人にも恵まれていて。僕がちょっと出かけるときなんか、さっきみたいに預かってくれるんですよ。ありがたいですよね。そういうつき合いって最近ないから甘えてしまって。——今度、ちゃんとお礼しないといけませんよね。なんだろう、なにがいいかな、お酒とか煙草かな」

一気に喋り、しばらくしてから緊張している自分に気づいた。沈黙が怖いのだ。こちらからなにか言っていないと浩介に突っ込まれそうで、戦《おのの》いている。

「隣のひとと親しいのはいいことだな。なにかあったときに頼れる」

穏やかに浩介がそう言ってくれたことで、肩の力が抜け、はい、と頷く。

部屋に上げたのは自分の判断なのに、気を張ったり怖がったりと忙しい。そうした困惑もきっと浩介には見抜かれているのだろう。ふっとちいさく笑った彼が、「いい部屋だ」と言った。

「暖かくて、落ち着く。ちいさな子がいる空間には足を踏み入れる機会がなかなかないんだが、甘い匂いがするんだな」

「そう、ですか？　ミルクの時期はもう終わったんだけど……」

「きみが母乳をあげていたのか」

「はい。オメガ男子ってちゃんと授乳できるんですよ。忙しいときは液体ミルクに頼ってましたけど、やっぱり胸が自然と張るのでおっぱいもちゃんとあげたくて。最近でもたまにおっぱいを欲しがるんですけど、もう乳歯が生え揃ってきたので乳首を噛まれたりして痛いんですよね」

育児教室で学んだことをつらつら話すと、浩介の頬がふわりと赤みを帯びる。それを見て、かっと身体が熱くなった。

またよけいなことを喋ってしまったようだ。べつに淫《みだ》らな意味で言ったのではないけれど、子育てに慣れていない男性に聞かせる内容ではなかった。

「すみません。変なこと言って」

「いや、構わない。オメガについて知らないこともあったから助かる。偉いな、きみは。まだ若いのにひとりであの子をしっかり育てているんだ。……だから、夜の街に立つことにしたのか？」

「そう、ですね。大学も中退してしまったし、実家とは……もうつき合いがないので……僕ひとりで康太を育てていくとなったら、手っ取り早く稼ぐのはこの身体を使うのが一番かなと」

マグカップからふわふわと立ち上る湯気の温かさのせいか、ほんとうにどうでもいいことをぽろぽろこぼしてしまう。こんな話を聞かされても困るだろうに、彼が自然体で受け止めてくれるものだからついつい話したくなってしまう。

――だって、ほんとうはあなたの子だから。知ってほしいから。

けっして口にはできないけれど、浩介によく似た康太がどれだけいい子か、自慢したくなる。あなたのいいところばかりもらった子なんですよと。

「ご両親は喜んでくれたのか」

「その真逆です。いままでにないほど激怒されて……勘当される覚悟でお腹にこの子を抱えて家を出たら、その後、ふたりとも事故で亡くなったんです」

「それは」

言葉を失う彼に、操は自嘲気味に笑う。

「あとに残されたのは、この子と借金だけ。実家もなにもかも売り払って借金の返済に充てましたけど、もっと――稼ぎたいんです。この子を大学まで行かせるためにも」

「これからも、ひとりで育てていくつもりか？」

「そのつもりです」

「生活保護を受ける気は」

「ありません。幸い、僕は健康でまだ若いですし、やれることはやります。それにオメガ支援団体から毎月子ども支援金がすこし入りますし。無駄遣いしなければ、康太とふたりで暮らしていけます」

浩介と康太。こう、の響きがかぶっていることに彼は気づいているだろうか。

「よけいなお節介だが、この先もっとお金がかかるだろう。子どものためにも、きみがその、……身体を売るという事実をいつか知ったら衝撃を受けるかもしれない」

「それは……そうなんですけど、でも、ほかに手段もありませんから。大丈夫です。いまのうちにしっかり稼いで、あの子が物心つく頃にはどこかに店を出そうと考えているんです。カフェバーをやろうかなと考えていて」

「物心がつくのは何歳頃だろう」

「……七、八歳前後でしょうか。心配ですか？　僕ってそんなに頼りないですか？」

言っているうちにじわじわ体温が上がってきて思いがけずも突っかかるような口調になってしまう。

それは言い換えれば、世間から自分がどう見られているかと診断されているようなものだから。浩介のように社会的地位があり、多くのひとから信頼されている人物から見たら自分みたいなのは危なっかしく、将来性に欠けるのだと思う。

幼子を抱える自身がまだまだ子どもっぽく、よけいに不安をかき立てるのかもしれない。

「ちゃんと、できます。妊娠してからこれまでずっとひとりでできたんだから、あと十八年間……あの子が成人するまではきちんと育てていきます」

「気を悪くしたならすまない。疑っているわけじゃない。きみがすこし気負いすぎているように見えて心配なんだ。俺が言うのもなんだが、我が子のためになんでもするというのは親として当然の決断だろうとは思う。だが、街角に立って、素性も知れない男に身を任せるのがどれだけ不安定で危険なことか」

「だったら、どこかお店に所属すればいいですか」

「そういうものでもない」

焦れったい素振りを見せる浩介がわずかに肩を揺らし、冷めかけた紅茶を飲む。そしてまっすぐ視線を合わせてきた。

「提案が、ある」

「……はい」

「俺には家族がいない。いや、親は健在なんだが、ふたりはもうセミリタイアしていて、いまはカナダでゆっくり暮らしている。会うのは一、二年に一度だ。決まった恋人もいない。将来を約束した許嫁《いいなずけ》もいない。そこで、きみと康太くんをうちで預かりたい。——結婚を前提にして」

「……え？」

突拍子もない展開に声が裏返った。自分でも変な声を出してしまったと気恥ずかしくなるが、仕方ない。

なぜ、同居の相談を持ちかけられるのか。

よもや、結婚という言葉が彼の口から出るなんて。

「三年前、きみと出会えた幸運を俺はずっと忘れられなかった。目が覚めたら朝食を一緒にと思っていたのにきみは早々に姿を消していた。置いていかれた俺のむなしさをすこしはわかってもらえるだろうか」

「でも、……あれは外国でのワンナイトで……冒険、みたいなもので」

「きみは初めての体験だっただろう」

言い切られて、反論できない。

「抱いて嘘じゃないとわかった。ほんとうに初めてなんだと。酒でだいぶのぼせていたけれど、実際には強張っていたし、俺が挿《はい》ったときもきみは手放しで泣きじゃくっていた。それでも感度は抜群で二度目三度目のときには俺の腰に両足を巻き付けてきて、やっとイき方を覚えて――」

「やめてください」

耳の先まで真っ赤に染めて遮る。

あの晩のことは自分だってすべて覚えている。旅先の外国で初めて男性を受け入れる惑いと興奮が入り混じり、何度も「どうすればいいですか？」と訊いていた気がする。

俺の首に両手を巻き付けて、と言われてそのとおりにすると、分厚い胸板が重なってきて強い鼓動が伝わってきた。ああ、運命を勝手に感じたこのひとにいまから抱かれるのだと思ったらなんだか泣きたくなってしまって、我慢はしなかった。

「いっそ強引にうなじを噛んで番にしてしまえばよかったと何度悔やんだことか。三年も後悔するとわかっていたならあの場で契《ちぎ》ってしまえばよかったんだ」

噛み締めるような呟きにかあっと頬が熱くなる。

静かな声が逆に彼の激しい執着《しゅうちゃく》を滲ませていた。スマートな振る舞いが板についたアルファの男性という見た目から殻《から》が剝《は》がれて、どんどん素顔が見えてくる。

欲しいとなったらなにがなんでも手に入れる意志の強さを感じる。それが嫌だなんてとても思えない。逆に魅惑的に映る。自分が、口に出せない欲を余りあるほど抱えているからよけいに。

行動をともなった浩介の言葉にぐらりと身体ごと傾ぎそうだ。

――こんなに想ってもらえてたなんて。

予想外だった。先に消えたのは自分だけれど、あとくされない関係を望んでいたのはきっと彼のほうだと思っていたから。

ひと晩かぎりの関係だからこそ大胆になれたところもあった。眠っている最中の無防備なうなじを噛まれたら、たちまち互いの肉体と魂が呼応して契約が成立し、否応なしに彼の番になっていたはずだ。

そんな衝動を浩介も抱えていたというのか。

あの晩。指で辿られたところ全部にいちいち感じ、キスされたところはすべて熱を孕《はら》んだ。初めてなのにこんなに敏感でいいんですかと泣いたら、嬉しいよと微笑んでくれた。

そんな男が身体の中にじっくりと挿ってきたとき、ほんとうにぼろぼろと涙がこぼれた。子どもの頃だってあんなに泣いたことはなかった。身体を裂かれる痛みは当然あったのだけれど、それよりも、生きてきた中で生まれて初めてこころを丸ごと持っていかれた男に抱かれる嬉しさが勝っていた。

嬉しい、嬉しい、嬉しい。

もっといろんなところに痕《あと》をつけてほしい。

あなただけを覚えておきたい。

酔っていたせいもあって、恥ずかしいことをたくさん口走った。最初は性器を弄られて達し、二度目はうしろを貫かれながら前を扱かれて絶頂を極めた。三度目は中がきゅうっと熱くなるのを自分でも感じて、「あ、あ」と声を掠れさせ、それまでにはない熱のせり上がりにどうしようもない衝動を覚えて彼の背中に爪を立て、何度も「浩介さん、浩介さん」と焦れて名前を呼ぶと、「そういうときは、イくと言うんだ」と教えられた。

そうか、これがイくということなのか。頭の中までもぎゅっと締まり、男の逞しい腰に両足をきつく絡みつけて、おそるおそる「い……っ、イき、そう」と呟くと、浩介が甘くキスしながら貫いてくれた。

ひとつになる喜び。ふたりの身体がぶつかり、熱を分け合うしあわせを最初に教えてくれたのが浩介でほんとうによかった。髪を指で梳くことも、肌に触れるやり方もすべてにおいて浩介は紳士的でやさしく、甘さと強さを兼ね備えていた。

甘えていい、信じていいと肌で伝えられ、こころを全部預けた。

三度抱かれた中で、繰り返し達した。インターバルが短くなると疲れるからと彼が気遣ってくれ、すこし休もうかと提案してくれたのだが、操は立て続けに求めた。

——今夜かぎり。

そう思っていたから、分け合えるものはすべて。

自分から与えられるものはすくなかっただろうが、せめて初々《ういうい》しさは伝わっただろうと思う。

そして、翌朝早くに姿を消した。あれを機に康太を宿したとはまだ知らずに。

以来、誰にもこの身体を明け渡していなかった。

浩介のことは生涯の想い出として胸にしまい、我が子を育てていくために街角に立つという決心をようやくつけたところだったのに、また出会うとは。

ここで浩介のもとに身を寄せてしまったら、今度こそこの恋心は確かな愛に育ってしまう。

それが怖い。

自分ひとりならまだいい。また姿を消すことができるから。でもいまは康太がいる。軽率な決断は幼子にも影響を与えるのだと思うと、容易には頷けない。

「誠実でやさしく、金払いが確かな男ばかりに出会えるわけじゃないだろう。きみほどの美貌なら客は引きも切らないと思うが、それでもいつ誘われるかわからない客を待つのはつらいはずだ。

リスクの高いプレイを要求する客もいるかもしれない。密室にきみとふたりきりになったら豹変《ひょうへん》する男がこの世界にはごまんといる。それが俺は不安なんだ」

「……だから僕を囲おうと？　結婚なんて……夢みたいなこと仰って」

古めかしい言い方かもしれないけれど、それ以外しっくり来る言葉はない。

「よきパートナーとして迎えたい。俺は仕事柄さまざまなパーティに招かれるんだが、そろそろ身を固めないかとうるさく言われる身でね。見合い話も散々持ち込まれるし、正直つらい。でも、きみと康太くんという存在がじつはいたんだと周囲に知らせれば外野も黙るだろう。結婚という形が重いなら、せめて一緒に暮らすだけでもいい。頼む」

「浩介さん……」

そういうわけか。浩介には浩介の事情があるのだ。会社社長ともなれば接待が数多くあり、同伴者の有無もよく訊かれるのだろう。

そんな彼に自分と康太というふたりがいたとわかれば、見合い話を持ちかける者も、誘いをかける者も波のように引いていく。

「俺は最終的にきみと結婚したいが、もしもそれがすぐには受け入れられないのだとしたら、ひとまずビジネスだと思ってくれていい。きみのプライベートは保証するし、ちゃんとギャラも払う。いつまで、という期間はとくに設けない。きみさえよければいつまでもいてほしい。康太くんに安全な場を与えたい」

最後のひと言においに揺れた。

そういう言い方はずるい。

自分だけならともかく、康太のことを引き合いに出されると途端に脆《もろ》くなる。

操だって、康太を最優先にして生きているのだ。まだ二歳の子どもをどう守っていくか、どう育てていくかと考えただけで神経が尖《とが》り、眠れない夜もある。

そのことを浩介も感じ取っているのだろう。

子どものことを考えてほしい——その言葉は勇気にもなるし、軛《くびき》にもなり得る。なりふり構わずひとりで康太を育てていこうと決めた矢先にこんなに甘い誘惑をもたらされたら、冷静を欠いてしまう。

「……すこし、考えてもいいですか」

はねつけることはせず、含みを持たせた自分とて卑怯だ。

こころのままに従えばなにも考えずに頷いてしまいそうだが、浩介と一緒に暮らして自分のこの想いを隠しとおせる自信があるかと言われたら迷う。

「どれぐらい待てばいい？」

「十日間、とか」

「せめて三日にしてもらえないだろうか」

猶予期間を縮められて慌ててしまうが、確かに十日も悩んだら結局はなんだかんだ言い訳を探して断る気がする。

——ほんとうに、身を寄せていいんだろうか。

結婚という途方もないプレゼントボックスはいったん脇に置いておこう。ここで先走ったら、被害を食らうのは康太だ。

浩介がふと空になったマグカップに気づいて顔を上げた。

「ずいぶん遅くなってしまったな。今日はこのへんで帰るよ」

「たいしたおもてなしもできなくてすみません」

「楽しかった。きみとゆっくり話してみたかったし嬉しかったよ。帰る前にリクエストをひとついいかい？」

「なんですか」

「康太くんの寝顔、見ていってもいいだろうか」

「……はい」

ふんわりとしたナイトランプだけをつけた寝室のふすまを開ける。和室にはシングルの布団を二枚敷いていて、寝相の悪い康太が百八十度回転しても大丈夫なようにしてあった。

いまは九十度になっていて、毛布から手足をはみ出させている。くすりと笑った浩介が足音を潜めて康太の顔のそばに跪《ひざまず》き、そっと頭を撫でた。

「……ん……」

チュッチュッとくちびるを鳴らす康太は瞼をぴくぴくさせていたが、眠気には抗《あらが》えないのだろう。再び、すう、と深い眠りに引き込まれていく。

黙って康太に見入っていた浩介が毛布をかけ直してやる。ぶるっとちいさく震えた康太は顔だけ出して毛布をこんもりと丸めた。二歳にしては小柄だから、幼くて、子どもも子どもしていて可愛い。

「……ほんとうに可愛いな。目元はすっきりしているし、鼻筋も綺麗だ。くちびるがサクランボのようだな」

頬がぷくぷくだと呟いて、浩介は丸みを帯びてやわらかな子どもの頬をそっと撫でる。

「ぷにぷにしてる。こんなにやわらかいのか」

「綿菓子みたいですよね」

じっと康太の寝顔に見入っていた浩介が、癖のついた黒髪をくしゃくしゃとかき回す。

「俺と似たような癖毛だ。――覚えてないかもしれないが、台湾で出会った夜、寝入ったきみの髪にこうして触れていたんだ。やわらかくていい匂いのする髪だった。髪の先にくちづけて、くちびるにもキスして、それでも深く眠っているきみに見入っているうちに俺も寝てしまって、気づいたらきみは姿を消していた。俺の隣にかすかな温もりを残して。……ほんとうに、ほんとうに捜したんだ。どうしても諦めきれなかった。同じ日本人なら、きっとまたどこかで出会えると強く信じていたんだ」
やさしい笑い声が仄暗《ほのぐら》い部屋に響く。
愛おしげな手つき、細めた目。包み込むような声。
この男に守られたら、康太はしあわせなんじゃないだろうか。
広い背中を見つめ、操は両手を身体の前できつく絡み合わせていた。
自分のことよりも、子どものことを。
なにより康太のしあわせを考えたかった。

第四章

「今日からお世話になります。どうぞよろしくお願いいたします。康太、ご挨拶して」

「お、おねがい……しましゅ」

五月の終わり。玄関先でぺこっと頭を下げる二歳児に胸を痛め、――ごめん、でもおまえのためなんだと自分に言い聞かせる。

操に抱え上げられた康太に、浩介はにこりと微笑み、「よく来てくれたな」と頭をくしゃくしゃとかき回してきた。

「待っていたんだ。きみ用の遊び場やおもちゃもたくさん用意したぞ」

「おもちゃ……？」

見知らぬ男を警戒しているものの、浩介がうしろ手に隠していた康太が大好きなアニメキャラクターのぬいぐるみを「じゃーん」と見せられると、途端に目がキラキラ輝く。

康太が大好きなキャラクターの仲間だ。しかも、最新の衣装を身に着けたぬいぐるみで、ネットでもおもちゃ屋でも完売していた人気商品だ。

「これ……！　こうくんのすきなの！」

「そうか、よかった。探した甲斐があったよ」

「どうしたんですか、これ。どこにも売ってなかったのに。僕もあちこち探したんですよ。新しい衣装が大人気で、みんな夢中なんです」

「仕事のツテで、アニメグッズを制作しているメーカーと知り合いなんだ。そこからサンプル品をもらった。正規品とは若干サイズが違うらしいが、問題はないかな？」

わあっと声を上げて早々に康太はぬいぐるみに頬擦りしている。よほど嬉しいのだろう。顔を上気させて、「ね、ね、みーみて。このこきたよ！」と声を弾ませる。

「よかったね。康太欲しがってたもんな。……ありがとうございます。お気遣いいただいて」

「なんのなんの。これぐらいで康太くんとお近づきになれれば嬉しいよ。荷物はすでに届いているから、室内に上がってくれ」

新宿西口にある超高級タワーマンションの一室に足を踏み入れ、背筋がぴんと伸びる。幼い頃豊かな暮らしを享受してきたはずだが、浩介のそれはさらに格上だ。

エントランスには二十四時間勤務のコンシェルジュがおり、住人のためのさまざまなリクエストに応える。さらには最上階の二十四階に繋がるエレベーターは特製のカードキーがないと動かないというシステムで、不要な人物が出入りするのを避けられる。

――いったん、三か月の間お世話になる。

そういう約束で、操は康太とともに浩介のもとに身を寄せた。

プロポーズはひとまず棚上げにし、互いの望みを優先することにしたのだ。

ギャランティは月三百万円と破格で、何度も「高すぎます」と固辞したのだが、「康太くんのためだから」と言われて最終的には折れた。

康太には苦労をさせたくない。そのために金はもっと必要だし、三か月浩介のもとで暮らして一千万近くを手に入れても、まだ安心はできない。

しかし、こころの確実な支えになるのは間違いない。一千万円あれば、すこしは安心できる。三か月後にはボーナスも出ると言われた。また、いままで暮らしていたアパートは契約をそのままにし、家賃も浩介が負担するという。

『意見の相違があったらいつでも戻っていいから』

そう言われた。三年前にこころを寄せた男とはいえ、一緒に暮らせばいろいろと食い違いが出てくるかもしれない。自分としては精いっぱいお世話をしようと思うのだが、彼の迷惑になることだけは避けたかった。

今日から、浩介のパートナーだ。街角に立つ必要はないので、日中は康太とずっと一緒にいられる。とはいえ、康太にも友だちが必要なので、一週間に二度、いままでどおり託児ルームに行かせることにした。今度は夜預けるのではなく、昼間だ。絵本を読む時間もあるし、歌を習う時間もある。昼寝もする。お弁当を食べる時間もあって、普通の保育園と変わりない。

まだちいさいから、5LDKの一室を借りてダブルベッドに操と康太は一緒に眠ることにした。

五つも部屋があるうえに、リビングとキッチン、ダイニングルームがあるなんて広すぎて驚く。張り切って掃除しますと言うと、「業者が三日に一回来てくれるからそう気負わなくていい」と言われた。

「じゃ、せめて食事を作ります」

「ああ、それはありがたい。外食が多いんだが、たまには家でシンプルな食事をしたいことがあるんだ。迷惑じゃなければ」

「それぐらいさせてください。時間ならたっぷりありますし」

あてがわれた部屋には前もって宅配便で運び込まれた段ボール箱が四つほど積まれていた。中は大半は康太の服やおもちゃ、プラスティックのマグカップに皿といった食器類に子ども用品で、自分の衣類や小物は必要最低限にした。なにかあったら前のアパートに戻ればいいのだし。

十畳ほどの広い部屋にダブルベッドとチェストが置かれ、ちいさなテーブルも用意されていた。クローゼットに衣類をしまい、今夜のふたりぶんのパジャマをベッドに置いたら完璧だ。

浩介は前もってベッドを新調していたようで、ぽんと康太が寝転ぶとおもしろいぐらいに跳ねる。

「みー、ねえねえ、みてみて。ぴょんぴょんする！」

「だねえ。ベッドが新しいんだよ」

「きょうからここでねるの？」

「そうだよ。寝られそう？」

「ん……みーがいっしょなら」

甘えた感じで、ベッドに腰掛けた操の膝によじ上ってきて正面から抱きついてくる幼子をぎゅっと抱き締めた。

「僕と康太はいつでも一緒だよ。今日からは夜も一緒に眠れる」

「ほんと？　こうくん、みーといっしょにねれるの？」

「うん。しばらくの間は浩介さんのお手伝いをすることになったから」

「こーすけ、しゃん……」

たどたどしく呟く康太は首をひねっているが、先ほどやさしくしてもらったことを覚えているのだろう。手の中のぬいぐるみを見つめているので、「仲よくできそう？」と言うと、「うん」とけなげに頷く。

「なかよく、するね」

「ありがとう。無理はしないでいいからね」

「ぬいぐるみ……、もらったから」

ぎゅうっと大切そうに抱き締めて頬擦りする康太はよほど嬉しいのだろう。アニメ番組の合間に挟まるCMを見ては、「いいなぁ」と呟いていた。ぬいぐるみぐらいなら買ってやりたいと操も奔走し、どこの親も我が子のためにあちこちの店舗を駆けずり回ったはずだ。

それがこんな形でプレゼントされるなんて思っていなかったから素直に驚くし、嬉しい。

高価なものではなく、康太のために用意してくれた贈り物だと思うと、胸にじんわりとした温もりが広がっていく。

「大切にするんだよ」

「うん！」

何度も何度もぬいぐるみを抱き締めている康太を膝に乗せ、しばし一緒に遊んでいると、ドアがノックされたあと、浩介が顔をのぞかせた。

「よかったら向こうでお茶でもどうだ？」

「あ、はい。僕が淹れます」

「いやいや、今日のきみはお客様だ。といっても俺が淹れられるのはコーヒーと、ホットミルクぐらいなものだがね」

康太と手を繋いで、ぱたぱたと彼のあとをついていく。廊下の一番奥には広々としたリビングがあった。そこには長方形のテーブルと四脚の椅子。それから新品のハイチェア。よく見ると、操が家で使っていたのと同じメーカーだ。

「こんなものまで用意してくださったんですね……ありがとうございます」

「気持ちよく過ごしてほしかったからな。どれ、康太くん、椅子に座ってみるか？」

「……ん、うん」

大柄な男にまだどこか萎縮しているのか、こわごわと抱き上げられた康太がハイチェアにすっぽり収まる。テーブルを下ろされ、「待っていてくれよ」と浩介に頭を撫でられた。

前もって適温に温めたホットミルクを用意していたのだろう。取っ手のついた黄色のプラスティックのカップを運んできた浩介が、ちいさな皿に盛ったチョコチップクッキーと一緒に出してくれる。

「どうぞ。火傷しないように温度には気をつけた。次は俺ときみのコーヒーだ」

サイフォンから作りたてのコーヒーを淹れた浩介がオフホワイトのマグカップをふたつ持ってくる。ひとつには「M」、もうひとつには「K」と黒くイニシャルがプリントされている。

「……これも新調してくださったんですか？」

「せっかくの同居生活だしな。よく来てくれた。待っていたよ」

浩介はマグカップを康太のプラカップに軽く当て、次いで操のカップに縁を触れ合わせる。

「これから三人で仲よくしよう」

「……ん」

ハイチェアに座った康太がこくりと頷く。

「こう、……こうすけ、しゃん……ぬいぐるみ、ありがと」

顔を赤くし、もじもじしながら礼を言う我が子に目を細めていると、浩介も同じ気分だったようだ。思わずといった感じで手を伸ばし、くしゃりと髪をやさしく撫でている。

「こうすけだと呼びにくいだろう。こう、でいい」

「でも、こうくんも、こうくんだよ」

「おそろいだな。気にせず、俺のことはこうと呼んでくれて構わない」

浩介の言葉に、康太はおずおずと視線を彷徨《さまよ》わせ、最終的に操を見つめてくる。いいんじゃないのか、と目配せすると、康太は浩介を向き直り、「……こう？」と拙なく口にした。

「こう、ってよんでいいの」

「ああ。いつでも呼んでくれ。きみのためならなんでもしたい」

「こう……」

確かめるように、康太は何度も、「こう、こう」と呟いている。上目遣いに浩介を見やり、ホットミルクをふうふう冷ましながらゆっくり飲んでいる。

「俺は毎日仕事でいないけど、朝と夜は康太くんと一緒に遊べる。相手をしてくれないか」

「なにしてあそぶの」

「ヒーローごっことか。いまだったらそうだな。休みの日にピクニックでも行こうか」

「ぴくにっく？　いきたい。どこいくの？」

「車で行こう。大きな公園があるんだ。お弁当を持って、滑り台やブランコで遊ぼう。康太くんはボール遊びが好きかな」

「すき。だいすき」

「俺も好きなんだ。気が合うな。じゃ、今度の日曜、三人でピクニックに行こう」

「やくそくしてくれる？」

「ああ、約束だ」

浩介が差し出してきた小指にちいさな指を絡め、「ゆびきりげーんまん」と歌っている康太の頬がぴかぴかに輝いている。

生まれてから操とのふたり暮らしで、大人の男には会ったことがない康太は物珍しそうだ。エイミーやユキオはよきお兄さんといった感じなので、浩介のようにパパに近い存在に内心憧れを寄せているのだろう。慎重派の康太にしてはほんとうに珍しく浩介に懐いている。そのことに浩介も喜び、「仲よしのために、一緒にお風呂に入るか？」と誘った。

「……はいる！　みーは？」

「ぼ、……僕はあとでいいよ。ふたりで入っておいで。その間になんか軽い食事でも作りますから」

「なにを買っていいかわからなかったから、とりあえずハンバーグの食材を用意しておいた。たまねぎと挽き肉とパン粉、たまごも」

「あなた、外食が多いって言ってましたけど自炊はするんですか？」

ふと訊いてみると、浩介は気恥ずかしそうに頭をかく。

「情けないが、外食オンリーだな」

「お米、ありますか」

「ああ、買っておいた」

「じゃあ、あなたと康太がふたりでお風呂に入っている間に僕はハンバーグを作っておきますね。康太、いい子にするんだぞ」

「ん」

こくんと頷く康太が両手を伸ばし、抱き上げてもらいたがっている。それを見て浩介がひょいっと抱え上げ、肩に乗せる。

「わあ、たかーい」

きゃっきゃっと喜ぶ康太を運び、「お風呂だお風呂」と浩介がリビングを出ていった。その隙に操は自室からラップタオルと康太用のロンパースを取り出す。

康太と親しくしてくれて嬉しい。自分を気にかけるよりも、幼い康太を優先してくれたことがほんとうに嬉しかった。浩介にしてみたら二歳の子どもなんて馴染みがなくて困ることもあるだろうに。

バスルームのほうからはしゃぐ声が聞こえてくる。扉をノックして開けると、広いサニタリールームに、バスルームがあった。樹脂パネルの向こうにふたりがいるのだろう。

オフホワイトの洗面台に康太の着替えを置き、パネルを軽く叩いた。

「どうぞ」

浩介の声に扉を開くと、大きなバスタブに寝そべる形の浩介の胸に康太がもたれかかっていた。

がっしりした腰から広い胸へとよじ上り、居心地のいい場所を探してぺたんと頬を押しつけている。はぁ、と満足そうな息を漏らしている我が子に思わず笑ってしまい、「のぼせないようにしてくださいね」と言う。

見れば、バスタブの足側には青いぞうのじょうろや、黄色いアヒルのおもちゃもあった。どこまで用意周到なのかと可笑しくなってくる。

「気持ちいいぞ。きみも入ったらいいのに」

「僕は、遠慮しておきます。ハンバーグを作らなきゃいけないし。康太、しっかり洗ってもらっておいで」

「はぁい」

にこにこしている康太に微笑み、扉を閉じた。

途端にどきどきする胸を押さえる。

一瞬だけど、浩介のバランスのいい裸身を見てしまった。下肢は湯に隠れていたけれど、がっしりした肩から繋がる逞しい腕。折り曲げた足も長かった。

康太がうっとり甘えてもたれかかるのもわかる。

またたく間に浩介は康太を虜にしてしまった。

自分の薄い身体を見下ろしてちょっとへこみ、でも、と頬を染める。

あんなに頼り甲斐がある身体をしていたのだ。以前ベッドの中で知っていたつもりだったけれど、ちいさな康太を抱えているとその鍛えた身体がよくわかる。

弾む心臓を手のひらで押さえながらサニタリールームを見回し、乾燥機つきドラム型洗濯機があるのを知る。これなら康太の衣類をいつでも洗えそうだ。

浩介はどうしているのだろう。クリーニングに出しているのだろうか。なんだったら三人ぶん一緒に洗ってしまったほうが早い。

腕が鳴るなと思いながらキッチンに向かい、大型冷蔵庫の扉を開けた。外食オンリーと言っていたのはほんとうらしく、中はがらんどうに近い。ハンバーグの材料だけがあったのでそれを取り出し、米を炊飯器にセットする。

ハンバーグは康太の大好物だ。ニンジンもあったので花形に切り、グラッセにしよう。トマトとブロッコリーもあったのでそれでサラダを作り、ハンバーグのタネができたところで、バスルームから歓声が聞こえてきた。

「みー！」

濡れ髪の康太が笑顔でたたっと走り寄ってくる。

ラップタオルを巻きつけた康太に向かって、キッチンカウンターに置いていたバスタオルを広げてばふっと受け止める。髪も身体もやわらかな香りだ。Tシャツとハーフパンツ姿の浩介もあとを追ってきた。

「全身洗えるオーガニックシャンプーを用意していたんだ」

「ほんとうにありがとうございます」

ぷるっと頭を振る笑顔の康太はまるで仔犬のようだ。髪の先からも水分を拭き取り、急いでドライヤーをかけてやる。細い毛は絡まりやすいので、やさしくそっと。途中から浩介が替わってくれたので、操は夕食を仕上げてしまうことにした。

インスタントのコンソメスープがあったので簡単にそれにし、ハンバーグを美味しくじゅうっと焼き上げる。皿に盛りつけ、「できましたよ」と声をかければ、ソファに座って手遊びをしていたふたりがやってきて、「美味しそうだな」「おいしそー」と声を上げる。

康太のぶんのハンバーグは食べやすいようにみっつ、ちいさめに作り、浩介のぶんは食べ甲斐がありそうな大きさで焼いた。

「明日は僕が買い物に行って、いろいろ仕込んできますね。家庭料理しかできないですけど、お口に合えば」

「これでもう充分だ。いただくよ」

「いただきましゅ！」

お食事用スタイをつけた康太が早速ハンバーグをフォークで突き刺し、頬張る。

「おいしー。みー、おいしい」

「ほんと？　よかった」

「ほんとうに美味しいな。ケチャップと……ソースを混ぜたものなのかな？」

「そうです。デミグラスも美味しいんだけど、このソースのほうがうちの子が喜ぶので。すみません、康太の舌に合わせて」

「懐かしい感じの味がする。きみはこんな美味しいハンバーグが作れるんだな」

まだ髪が湿っている浩介に、「みーのごはん、おいしいね。こうくんもだいすき」と康太がにこっとしている。親の料理を褒められて嬉しいのだろう。

「ああ、俺も大ファンになりそうだ」

引っ越し初日、どうなることかと気を揉《も》んでいたのに、浩介と康太が仲よくなったことで操も頬をゆるめてごはんを口に運んだ。

子どものやわらかな笑い声に浩介がやさしく応えている。

なんだか涙が滲みそうだ。

胸の裡で憧れていた家族像がここにあったから。


浩介と康太との三人生活は意外なほどスムーズなすべり出しを見せた。

平日の日中は浩介が仕事で不在なので、操は康太との時間をたっぷり過ごした。いままでバイトの掛け持ちでずいぶん寂しい想いをさせてきたに違いない。

操がずっとそばにいるという事実が幼い康太は当初呑み込めないようだったが、朝も昼も夕方も一緒だとわかると蕩けんばかりの笑顔を見せて寄り添い、二歳児らしいむらっけもちょくちょく起こすようになった。

魔のイヤイヤ期だ。マンション近くにあるスーパーは、操も以前よく行っていたチェーン店と、高級店の二店舗だ。裕福な生活になったからといって毎日の食事にいきなり金をかけるわけではないので、いつものスーパーに行こうとするのだが、数日に一度、康太の強いおねだりがある。

浩介と一緒に高級店に買い物に行ったとき、「これが美味しいんだ」と籠に入れてくれたのがきっかけだ。そこにしか売っていない外国製の濃厚なチョコレート菓子を、康太はよく欲しがる。初めて知った大人の味というところだろうか。

いままでは百円のチョコレートで大満足していたのに、罪深いほど甘い味は康太を激しく惹き付けたようで、なにかと「あのちょこ、たべたい」と言われる。

「だめだよ。あれは週に一度のご褒美。虫歯も怖いし。それに昨日、康太はおねしょしたとき嘘をついただろ。今日はチョコレートなし」

いつもだったら寸前でなんとか起こしてくれるのに、昨日は面倒だったのか眠気が勝ってしまったのか、揺り起こされたときにはもう「ぬいぐるみしゃんがね、ちーした……」と言われてしまったのだ。子どもらしい可愛い嘘ではあるが。

日々、浩介の家に馴染むために康太も気を張っていたのだろう。それが最近になってようやく緊張が解け、うっかりしてしまったのかもしれない。

夜中に起こされた操は康太の嘘を叱ろうかと一瞬考えたが思いとどまり、念のためにおねしょパッドを敷いていてよかったとため息をついた。いままでだったら敷き布団ごと取り替え、朝になったら洗濯機を回していた。

眠たそうにしていた康太をバスルームに連れていって濡れた服を脱がして温かいシャワーを浴びさせ、おねしょパッドも下着も替えてもう一度寝かしつけた。

朝になったらちゃんと叱ろうと思っていたのだが、そういう理論は子どもに通用しない。けろっとした笑顔で「おはよ、みー」と言われ、脱力してしまった。

「やだぁ、たべたい！　あのちょこたべたい」

スーパーに行く前からわんわん泣いて、頬をぽってりと色づかせた子に甘い顔を見せていたら子育てはやっていけない。ひっく、ひっく、と大げさにしゃくり上げて地団駄《じだんだ》を踏む康太にため息をついていると、テーブルに置いていたスマートフォンが鳴り出す。

出てみると、浩介からのウェブ電話だ。ちょうどランチタイムなので、電話をかけてきてくれたのだろう。

『もしもし。康太くんはどうだ？　元気にしてるか』

「いまちょうど大泣きしているところです。お菓子が欲しいって聞かなくて」

「うぅ、っ、うっ」

泣き声が向こうにも伝わったようで、『康太くんを映してくれるか』と頼まれた。

瞼を赤くして泣いている康太に、ほら、浩介さんだよとスマートフォンを手渡すと、ぱっと飛びつく。

「こう、こう、こうくんね、あのすーぱーのちょこがほちい。でも、みーがだめだっていう。こう、たちけて」

泣きすぎたせいで舌っ足らずになっている康太に、浩介が可笑しそうに肩を揺らしている。愛おしさの混じる声で、『どうして買ってもらえないんだ？』と康太に訊いている。

「う……」

「おねしょしたとき嘘ついたこと、ちゃんと浩介さんに言えたら許してあげるよ」

そっと耳元で囁くと、康太がツンと真っ赤なくちびるを尖らせる。二歳児でも高いプライドがあるのだろう。せっかく仲よくなった浩介に格好悪いところを見せたくないのかもしれない。

う、う、としばらくむずかる康太に、浩介が『康太くんがなにかいけないことをしたのかな』とやさしく問いかける。

『康太くんはいい子だから、なにもしてなければ操もチョコレートぐらい買ってくれるだろう。なにか身に覚えはないかな？』

「みに、おぼえ……？」

スマートフォンをぎゅっと握り締める康太が唸《うな》る。きっと向こうの画面では康太の顔がアップになっているに違いない。火照った顔でチョコが欲しいと訴える二歳児に時間をわざわざ割いてくれるほど、浩介も暇な身じゃないだろうに。

こうして一日に一度は電話をかけてきて様子を窺ってくれるので、三人の仲は深まっていくばかりだった。

「……こうくん……うそついたの」

つっかえつっかえ、康太が言葉を探す。

じっと待ってくれている浩介にほだされたようだ。

「あのね、……こうくん、おねしょ、した……」

『そうか。操を起こさなかったのかい』

「ねむかったの」

観念した康太の言葉に、浩介が笑いを噛み殺している。声を立てて笑ってしまえば康太が傷つくとわかっているから、ぐっと奥歯を噛み締めているようだ。

「うそついて……ごめん、なちゃい……」

ぐずぐずと鼻を鳴らす康太がやっと謝ったことで頭をくしゃくしゃとかき混ぜていると、『そろそろお許しが出そうかな?』と浩介も言う。

『康太くんの泣き顔は胸に来る。このへんで許してやってくれないか、俺に免じて』

「あなた、康太に甘いですよね。あそこのチョコレート、高級品なんですよ。いつものスーパーのもので満足していたのに」

ため息をつくと、浩介はくっくっと笑って、『今度、俺が買い占めておこう。今夜は早めに帰る』と言って電話を切った。

泣き尽くして力が抜けた康太に洟《はな》をかませてやり、喉も渇《かわ》いただろうと取っ手のついたプラカップに入れた冷えた水を飲ませる。

ちゅうっと音を立てて吸いつく康太はあっという間に水を飲み干し、「おかわり」と見上げてきた。もう半分飲ませ、その大きな目が半分閉じていることに気づいて苦笑し、抱き上げる。

「泣き疲れたんだろ、康太。一緒にお昼寝しようか」

「すーぱー、いかないの」

「お昼寝のあとに行こう。ちゃんと浩介さんにも謝れたから、チョコレートを買ってあげるよ」

「ほんと……！」

ぱあっと顔を輝かせる康太だが、すぐに操の肩に頬を擦りつけてきて瞼を半分閉じる。丸っこい温かな背中をぽんぽんと叩き、自室に戻った。康太をベッドに横たえ、自分も隣に寝そべる。ころんと寝転がる康太が胸のあたりに顔を押しつけてくるので、反射的に抱き締めた。

まだ二歳。めいっぱい甘えたい盛りだ。

胸を探ってくる気配に、「おっぱい飲むか？」と久しぶりに言った。断乳してずいぶん経つけれど、操への愛着は捨てきれないのだろう。

康太はふるふるとちいさな頭を横に振る。

「もう、こうくん……あとちょっとでおにいちゃんだもん……」

「そうだね。十一月にはお誕生日が来て、康太も三歳だ。もう嘘はついちゃ駄目だよ。おねしょするのは恥ずかしいことじゃないんだけど、できれば減らしていこうね。いつでも起こしてくれていいんだから」

「うん……ねえ、みー」

胸にすがってくる康太が眠そうに目をぱちぱちさせている。

「……ねえ、こうって、どんなひとなの？」

「え？」

「こうって、いいひとだよね……？」

「そうだね。いいひと、だよ」

僕にとっても、康太にとっても。苦境から拾い上げて安全な場所を与えてくれた、いいひとだよ。僕の運命なんだ。相手は違うらしいところが寂しいんだけどね。……ほんとうに、大好きなひとだよ。

あらためてそう思う。

好きだ。浩介が好きだ。目には見えない運命という力によって引き合わされた気がしていたけれど、いまでは彼自身に本物の好意を抱いている。

三人暮らしに細かく気を配ってくれるところも。康太にやさしくしてくれるところも。

同居するまでは幾分か懸念があった。三年前台湾で一度関係を持ったうえで再会し、また肌を重ね合わせたのだ。街娼とその客候補として再び顔を合わせたとなった以上、この身体だけを求めているのではないかと案じていた。

手軽なセックスフレンドとして買い上げたい。そういう意味での同居なのかと不安だったのだが、『結婚を前提に』と申し込まれ、蓋を開けてみれば温かな家族が待っていた。

「こうは、いいひと……じゃあ、ぱぱってよんでいい？」

思いがけない言葉が胸に深く刺さり、絶句した。

昔から、言い聞かせていたことがひとつある。

『康太には、僕がついてる。パパもママも僕だよ』

託児ルームに通えば世の中には両親がそろっている子どももいると知ることになる。

同性婚がおおやけに認められている世の中だから男性同士、女性同士でパパ、ママという昔ながらの呼び名や役割もだいぶ薄れてきたが、異性婚もまだ根強い。

——ママってなに？

——パパってなに？

他の子が迎えに来た親をそう呼んでいるのを聞きつけ、案の定そう訊かれた。周りにはエイミーやユキオといったひとびとがいて、できるかぎりの愛情を注いでくれたからこそ、康太はいい子に育ったと自負している。それでも、子どもらしい問いかけが来たときは一瞬言葉を失った。

でも、言葉では表現しきれない血の繋がりを康太はどこかで欲していたのだろう。

「……いいひとだったら、エイミーさんやユキオさんもいるだろう」

「でも、さいきん、あえてない」

「わかった。明日会いに行こう」

固く約束する。自分でもこころの置き場に困っている浩介を「パパ」と呼ばれたら困る——いや、事実浩介は康太の父親なのだが、伏せていきたいのだ。いまさら彼に重荷を背負わせたくない。たったひと晩の関係でできた子なんて、きっと浩介は望んでいない。重たすぎる。

浩介はなにも知らずに結婚を申し込んでくれている。しかし、もし、この子が実の子だと知ったら、突然夢から覚めるかもしれない。血が繋がっていないからこそ可愛がれるという意地悪な見方だってできるのだ。操とその連れ子という形を受け入れ、新しい家庭を築こうと浩介は考えているのかもしれないが、康太が三年前の冒険の行く末だと知ったら、ほんとうに後悔するかもしれない。

重たいと。なぜいままで黙っていたのだと。

もしくは、なぜいままで気づかなかったのかと己を責める可能性もある。

結婚という形にいまだ寄りかかりきれない操からしてみたら、この同居はいつか終わるものだと感じている。それはこの家族ごっこという幻想に浩介が飽きた頃だろうとも。操自身は飽きるなんてみじんもない。最初から愛したひとだ。

恥ずかしげもなくプロポーズを受けて、『康太はあなたの子です』と事実を言ってしまえばいいのに。

よけいな意地が邪魔して、真実を明かすことをいまもためらっていた。彼に苦い顔をさせるのが怖いのだ。

「明日、エイミーさんたちとごはんを食べよう。ね？」

「ん……でも、こうをぱぱってよびたい」

「どうして？　僕をそう呼べばいいじゃないか」

「みーは、……みーだし、おっぱいくれたから、ままだし……」

「誰かにそう言われたの？」

「たくじるーむで、ともちゃんにいわれた。おっぱいくれるひとはままなんだって」

こめかみがずきずきと痛む。

確かに自分はオメガ男子で、母でもある。母乳で育てたことを後悔してはいないが、それだけで「ママ」と呼んでもらえる資格はない気がする。

呼称ひとつで揺らされたくないし、パパ、ママ二役をひとりで担う覚悟だって持っていたはずなのに。あどけない瞳で訴えられるとうまいこと言葉が出てこない。

「康太……」

「……こうのこと、ぱぱってよびたい……」

「じゃ、僕のことは？」

返事は、すう、という穏やかな寝息だ。

だめだという結論が出ないまま、康太は眠ってしまった。

「そんなにパパが欲しいのか……」

全身で甘えていたバスルームでの光景を思い出すと、胸がじわりと痛む。

精いっぱいやってきたつもりだ。細身の自分だって日に日に大きくなる康太を抱き締め、お風呂に入れる忙しない時間でも存分に手をかけてきた。

しかし、まだ幼い康太にとって自分はママで、大人の男で包容力のある浩介のことはパパと呼びたいのだろう。

どうしよう。どう言ったら納得してもらえるんだろう。

――あのひとをパパと呼んだら、おまえが傷つくことになるんだよ。あのひとはきっといい顔をしない。もし、一瞬は取り繕ってくれたとしても、醒める日が来る。そのとき、つらい想いをするのはおまえなんだよ。

ため息に次ぐため息が出る。

操の眠気はとっくに消し飛んでいた。

「いい天気になったな、康太くん。準備はできたか？」

「できたー！　ね、ね、こう、みて、くつしたじぶんではけたよ！」

「よくできたな。康太くんはすごい。偉いぞ」

「ほんと？　こうくんえらい？」

「ああ、偉い。スマートフォンでちゃんと録画してたからあとで一緒に観よう」

「みる、みる」

晴れた日曜、朝食を食べ終えたあとに着替えた康太がリビングのソファでいそいそと靴下を引き上げ、浩介に見せに行く姿を操はキッチンの中から見守っていた。

今日はピクニックの日だ。早朝に起きて康太のリクエストどおり、唐揚げと甘めのたまご焼き、ブロッコリーにマヨネーズを塗って焼いたもの、たこウインナーに、きゅうりとわかめの和え物をランチボックスに詰め込み、ころころした丸いおにぎりをいくつも作った。海苔《のり》を巻いたおにぎり、ふりかけをまぶしたおにぎり。

子どもでも食べやすい大きさのおにぎりは康太の大好物だ。大人である浩介の好みも考えて、甘塩っぱいたまご焼きも作ってみた。

特別凝った料理ではないのだが、浩介は喜んでくれるだろうか。彼用のおにぎりも、選べる楽しさを考えて普通よりちいさく、多く握った。

——ぱぱってよびたい。

そう言われたのは数日前のことだ。その晩帰ってきた浩介に康太はいつもどおり笑顔でじゃれつき、抱き上げてもらっていた。こころから信頼を寄せていることはその弾けるような笑顔を見ればわかる。眠るときはやっぱり操を必要とするけれど、なににも代えがたい力強さを持っている浩介も求めているのだ。

——パパって呼んじゃだめだよ。

なぜかそう言えなかった。言ってもよかったのだろうけれど、自分の勝手な言い分で康太を縛りつけることはどうしてもできなかった。

友だちをいじめちゃだめだよ。

ひとの悪口は言わないこと。

自分から好きだって言えたほうがいい。

そのみっつを康太はちゃんと守ってきた。さまざまな環境で育ってきた子どもたちがいっせいに集まる託児ルームで、小柄な康太は身体の大きな子にからかわれる対象になっていると保育士に聞かされて一時心配していたが、康太自身も自分の居場所をちゃんと見つけようと頑張ったのだろう。おとなしい男の子や女の子たちと仲よく遊び、誰のことも仲間はずれにはしなかった。

いつも託児ルームで誰と遊んだとか、お歌を一緒にうたったと楽しい話を聞かせてくれた康太のいまのヒーローは間違いなく浩介だ。

浩介の変化も操にとっては驚きの連続だった。

同居したら代償のようにセックスを求められるのではないかと漠然と考えていたのに、まだ一度も誘われていない。朝会社に行くとき、帰ってくるとき、真っ先に抱きつく康太の頬に嬉しそうにキスをし、そのあとそわそわしている操の額にも軽くくちづけてくるぐらいだ。

——好きなんだから、抱かれたら絶対に嬉しいのに。でもそれにはギャラが発生していると考えると悲しいと思う僕が幼稚なんだろう。康太みたいに裏表なく愛情を示せたらどんなにいいか。

結婚さえしてしまえばこんな悩みはなくなるのだろうか。わからない。

冷ましたお弁当をクーラーボックスに詰めていると、ひと遊び終えたふたりがキッチンにやってきて、「ありがとう、お弁当を持つよ」「もつもつー」と手を差し出してくる。

今日の浩介は深い紺の七分袖シャツに爽《さわ》やかなオフホワイトの麻のパンツを組み合わせている。品があり、男らしく、休日を楽しむいい男だ。

康太はというと紺色のサロペットにオフホワイトの七分袖パーカを合わせ、短い足にはさっき履いたばかりの靴下がすこしよじれている。それに気づいて跪き、履き口を直してやり、浩介にはクーラーボックスを渡し、康太には子ども用の水筒を斜めがけにしてやった。

傍目《はため》から見ても服装がリンクしているし、まるで親子だ。

こんなに似ていたのかとあらためて思うほど、凛とした目元がそっくりだ。綺麗な鼻筋も。つねになにか言いたそうな口元だけは自分に似てくれたかもしれない。

浩介は『きみに似ているよ』と何度も褒めそやしてくれたが、わずかにでも自分に似たと思うことはないだろうか。

秘めているが、実の父親だ。日々をともに過ごせばどことなくシンクロしていくものだし、自分の血筋を康太の顔に、仕草に見つけて不思議に思うかもしれない。

しかしいまのところ、彼はなにも言わなかった。ただの可愛い子だと思っているのだろう。

真実を明かす勇気がない操は忸怩《じくじ》たるものを覚えつつもエプロンを外す。今日はやさしいピンクのパーカにジーンズというラフな格好にしてみた。

とりとめのないことを話しながら家を出て、浩介の運転する車に乗って郊外の公園を目指す。

同居してすぐに、浩介の車にチャイルドシートが取りつけられたことを知って胸が熱くなった。もう歩けるだけに、一時も目を離せない年頃だ。アパートにいたときはエイミーやユキオが散歩につき合ってくれたけれど、いまは基本ひとりで対応している。外に出るときはしっかり手を繋いで、横断歩道を渡るにもちゃんと手を上げさせている。

『うまくいってるみたいでよかったよ』

エイミーがそう言って笑ってくれたのは、康太が浩介を「ぱぱってよびたい」と言った翌日のことだ。昼間にエイミーに連絡をし、久しぶりにカフェで会わないかと誘ってみたところ、ユキオも連れてきてくれて、代わる代わる康太を抱き締めてくれた。

『囲われたからどうしていたか心配してたけど、杞憂《きゆう》だったみたいだね。前より顔色がいい』

エイミーがそう言うと、オレンジジュースに夢中になっている康太の頭を撫でていたユキオも、

『この子もずっと笑顔だ』と顔をほころばせていた。

『慣れない環境かもしれないけどさ、たまにはこうして会おうよ。あ、相手が嫌がる？　古巣に戻るのって』

エイミーの言葉に慌てて首を横に振り、『そういうのないひとですから』と返した。

『出かけたことは言うけど、僕が会う相手になにか言うひとじゃないです』

『そっか。初めてのお客がいいひとでよかったよ。長続きするといいね』

『そのまんま奥様の座に居座っちゃえば？』

ユキオとエイミーの冗談に目をくりくりさせていた康太が、『おくさま？』とちょこんと首を傾げたのでみんなで笑った。

その夜帰ってきた浩介に、友人と会ってきましたと話したところ、『楽しかったならよかった』と言われ、ウォークインクローゼットの前でジャケットを預かる手がじわっと温かくなった。

――やっぱり僕の好きなひとに間違いはなかった。

自信と照れが交錯し、もぞもぞしてしまう操がすこし可笑しかったのだろう。『きみはほんとうに可愛いな』と言って浩介が頬にキスし、抱き締めようとしてくれたのだが、『こーう？』とリビングから呼ぶ幼子の声が聞こえてきて、ふたりして苦笑いしてしまった。

——抱き締めてくれてもよかったのにな。

いまになって未練がましく思う。

助手席に座った操は後部座席の康太の様子を見守り、歌を一緒にうたい、疲れた頃に「すこし寝ておいで」と言った。康太は眠そうに瞼を擦りつつも「もっと、おうたうたう」と言い張ってたが、目の前に浩介と操がいることで安心したのだろう。しだいにこくりこくりと頭を揺らし、いまはすっかり深く眠り込んでいる。

「ありがとうございます。なにからなにまで」

ハンドルを握る男に礼を告げると、「こちらこそ」と艶のある声が返ってくる。

「きみだって朝早くからお弁当を作ってくれたじゃないか。いまから楽しみだ」

「こんなの、べつにたいしたお礼にはならないっていうか。……同居させてくれたうえに康太のことも可愛がってくださってほんとうにほっとしてます。あなたが子ども好きだとは思わなかった」

「友人に子どもがいるんだ。もうどっちも小学生の高学年だから、俺はお年玉をあげるだけの役割だがな。康太くんぐらいの年頃にもっと可愛がっておけばよかったって後悔していたから、いまは毎日が楽しい」

「二歳って大変ですよね。泣いたり笑ったり怒ったりがめまぐるしくて」

「この間チョコレートが欲しいってわんわん泣いて電話をくれたのは最高に可愛かったぞ。さすがはきみの子だ。泣き顔がそっくりだ」

ふと声に色が滲んだかと思ったら、ハンドルから片手を離した浩介が頬をつうっと人差し指でなぞってくる。爪でそっと引っかかれる感触にぞくりと背筋を震わせ、甘い予感に身を委ねてしまいたくなる。

背後の康太が熟睡していることを再確認し、声を落とした。

「どうして——求めてこないいんですか」

「ん？」

「なぜ、夜に……求めないいんですか」

「そんなにがっついてるように見えるか？」

くすりと笑った浩介が耳たぶをきゅっと引っ張ってくるので、そこもじんわりと熱を孕む。愛し子が眠っているのをいいことに、いまだけは軽いボディタッチを楽しんでいるようだ。

「確かに手を出したくてたまらない。きみと俺がどんなに相性がいいか、最初から知っている。あの台湾のホテルで過ごした夜から」

「だったらどうして」

「まずは康太くんの安全を第一にしたかったんだ。俺としてはきみと再会したときから真っ先に結婚を考えていたが、それは性急かもしれない。色気はないが、ひとまずギャラを払ってきみと康太くんに同居してもらっている。だからといって、きみの自由まで奪っていいわけじゃない。

家事をしてもらっているだけでも感謝しているよ。いままではほとんどのことを業者任せだったから、家に帰ってきていい匂いがするだとか、笑い声がするだとか、そういうしあわせがあることを知らなかったんだ」

俺は、と呟いて浩介は黄色の信号で車の速度を落とす。

「父の事業を継いで社長になったが、冷めた家庭に育ったんだ。お嬢様育ちの母は日がな一日自分を着飾ることにしか興味がなくて、家にいる間は客を招いてパーティばかりしていた。自分の両親とともに海外で過ごしていることも多かったな。アルファ同士で結ばれたふたりだったんだが、父は仕事の鬼で……裕福な暮らしを与えてくれたけれど、家には温もりがまったくなかった。いつも父と母は喧嘩ばかりしていたよ。もっと真面目に子育てをやれとか、あなたこそ家にいればいいのにとか、どっちもどっちだった」

苦く笑う男の横顔をじっと見つめていた。

青信号になって浩介はアクセルを踏む。車はなめらかに走り出す。

「……恵まれた家庭にお育ちになったんだとばかり思っていました」

「衣食住には困らなかった。でも、愛されてはなかったな」

ぽつんとした言葉は乾いていて、胸を衝かれた。

車は静かに走っていた。後部座席の康太を起こすことなく。

浩介と自分は似た者同士だったのだ。毎日生きていくことには困らない環境を与えられたけれども、こころが潤うことは一度もなかった。

灰色の子ども時代を塗り替えたくて大人になり、康太を産んだ。

その実の父親は――なにも知らずにいま、隣にいる。

自分と強く血が繋がっている息子が安心しきってチャイルドシートで眠っているとは知らずに。

「自分でも幼稚なことを言っているのはわかっている。着るものにも、食べることにも、住む場所にも困らないというのは相当恵まれていたと頭ではわかっているんだ。だが幼い頃の写真がほとんどないという事実がどうにも……寂しくてな」

「家族で旅行に行ったりしなかったんですか」

「なかった。ふたりとも俺より自分のことに忙しかったから。……だから、つい康太くんの写真をたくさん撮ってしまう。こんなに可愛い盛りを愛《め》でないなんて嘘だ。綺麗事じゃすまないほど育児は大変だが、それを上回る愛らしい笑顔が待っていると思うと仕事にもやる気が出る。そのうえ、きみが待っててくれている」

次の交差点でも引っかかり信号が赤の間、きゅっと手を握られて驚き、顔を上げると一瞬だけくちびるが頬にぶつかった。

ほんのささやかな熱の交換。

目を丸くしてくちびるを押さえる操に、浩介が照れくさそうな顔をする。

「すまない。ほんとうはいつだってきみを抱きたいんだ。それは偽りない気持ちだ。でも、三人で温かな時間を作りたいとも思っている。きみにとっても、康太くんにとっても、安心できる場所を作りたい」

「それは、……あなたにとっても？」

「ああ、きみたちの仲間に入れてもらえたら嬉しいよ」

頬に残る熱が悩ましい。久しぶりに触れてもらえたことで身体の奥がずくずくと疼き、落ち着かない。仕事の関係だからくちびるにキスをしないと約束したことがいまになって恨《うら》めしい。

はぁ、と熱っぽい息を漏らして車窓の外に視線を移す。

視線の先で、信号が青に変わった。その先も、さらに先の交差点も次々に。ぱっ、ぱっと連続して青に変わっていく信号に目を瞠っていると、車が再びぐんと走り出した、
スタートを切るかのような光景が、やけに胸に残る。


公園に着く頃には目を覚まし、大好きなボール遊びに興じた康太は「おなかぺこぺこ！」と笑って、いつもよりたくさんお弁当を食べてくれた。そのあともまたボールに向かっていく。

幼児向けの赤いボールをぽーんと放ると、すこし離れた場所にいる康太がぴょんと飛び上がってキャッチし、満面の笑みで隣にいる浩介に投げる。

軽いボールは一回バウンドして浩介の大きな手に届き、今度は操に向かって飛んでくる。

三人で輪になってボールをやり取りし、康太の息がはあはあと途切れる頃になって休憩し、クーラーボックスに入れて持ってきた果汁ゼリーを食べることにした。

春には見事に咲くのだろう桜の樹の下にレジャーシートを敷いていたのでそこに戻り、保冷剤で冷えていたプラスティック容器を取り出す。

「康太はなんにする？　りんご？　ぶどう？」

「んー……りんご！」

「俺はぶどうにしようかな」

百パーセントのジュースとゼラチンを使った簡単なおやつだが、喉に詰まらないようちいさなハート型や花型にくり抜かれたゼリーを康太はこのうえなく気に入っていた。お風呂上がりに欲しがることもあるので、よくしゃくしゃくしゃくと食べさせている。

額に滲んだ汗をガーゼハンカチで拭き取ってやり、水分補給もさせたところで康太は桜の樹に並んで背を預けて座る浩介と操を交互に見つめ、どうしようといった顔で人差し指を口に咥え、一度ぽすんと操の膝に頭を乗せて微笑んだあと、次は隣の浩介に正面から抱きつく。選べる喜びを味わっているみたいだ。

全身で甘える康太に浩介も笑みを滲ませ、とんとんと背中を撫でてやっていた。それがひどく心地好いのか、数分もしないうちに康太は寝息を立てる。

「重いでしょう。こっちによこしてください」

「いや、このままにしておこう。……嬉しいんだ。こんなふうに一緒に遊んで、甘えてくれて」

康太のふわふわした髪を愛おしげにかき分け、その頭のてっぺんにキスを落としている。

「きみがちいさな頃もこうだったのかな？　明るくて、甘えん坊で、元気で、愛くるしくて」

「褒めすぎです。……僕もあまり家庭の温もりを知らないまま育ってきたから、自分の人生は自分で創ろうって思って……」

「この子を産んだ？」

「――はい」

だって、あなたの子だから。

すこしでも運命を形にして残したかったから。

「あなただって絶対こんなふうに可愛かったでしょう。ううん、もっと賢そうだったかな。眉がきりっとしていて、意思の強そうな目元が印象的で。……写真あったら見てみたかったな」

「ぎこちない家族写真しかないが、今度見せるよ。七五三なんか笑えるぞ。着飾った両親の間で無愛想な顔してる。母からは『もっと笑いなさい』と言われたけど、なんだか反抗してしまったんだよな。……康太くんの七五三、俺もつき合えるだろうか」

秋には三歳になる康太だから、そこまで一緒にいられれば。

そんな言葉が口をついて出そうだがぐっと呑み込む。買われた身で将来を約束してはいけない

気がした。彼のほうから、「この日まではいてくれ」と言い出さないかぎりは。

「――七五三の起源でいうと、昔はのちのち健康な毛髪が生えてくるために乳児の頃は剃《そ》っていたらしいですね。病気予防のためもあったとか。で、三歳を機に髪を伸ばし始めて赤ちゃんから卒業するという意味合いがあったとネットで読んだことがあります」

　未来を確約しない代わりに、話をすり替える。そのことに気づいたのか気づかなかったのか、浩介は康太の頭を撫で続けている。

「康太くんには大病をしてほしくないな。風邪は引きやすいほうか？」

「いたって健康です。身体はちいさいほうだけど、ありがたいことに病気とは無縁で。ああでも、ちょっと疲れるとお腹を壊してしまうかな。それ以外は寝起きもいいほうだし、夜も絵本の読み聞かせをしている最中に寝てしまいます」

「丈夫でいい子だ。でもちいさな頃はいきなり高熱を出すこともあるから気をつけないとな」

「浩介さんは？　どうでしたか。元気な子でしたか」

「図々しいぐらいにね。ふてぶてしい親のもとに生まれると神経も太くなる。めったなことでは体調を崩さなかったから、あまり可愛げがなかっただろうな」

「そんな。健康なのはいいことです」

　しかし、彼の言いたいことも内心わかる。

　予測できない熱を出し、親に心底心配させてしまう子ども時代があったなら、いま頃、互いにもっと違っていたのではないだろうか。

我慢を強《し》いられ、わがままを言わないことを覚えた幼少時代を過ごしてきたからこそ、彼の寂しさが痛いほどにわかる。たとえ親をひどく困らせるようなことを言っても叶えてもらえるわけではなかったから、なにかを願う前に口を閉ざすほうを選んできた。

浩介もそうだったのだろうか。いまは誰の前に出ても引けを取らない男っぷりを誇っているが、その胸の裡に隠していた傷は癒えないままだろうか。

思わず手を伸ばし、ややうつむいている彼の髪を指で梳いていた。大人の硬めの髪だ。ふっと顔を上げた彼と視線が絡み合い、恥ずかしくなって目を伏せる。

「す、みません。いきなり触って……」

「……もっと触ってほしいと言ったら？」

「浩介さん」

「今夜きみを抱きたい」

唐突な言葉に息を呑む。

あまりにストレートすぎやしないだろうか。だけど、それが最初から彼の美点だった。

「あ、の……」

続く言葉がどうしても出てこなくて、くちびるをきつく噛んだ。だめですとも、わかりましたとも言えない。

同居を始めてからずっと穏やかな時間が続いていたから、ひょっとしたら自分には興味がないのではないかとすら思っていたぐらいだ。喪《うしな》われた子ども時代を取り戻すかのように、一時的な寄せ集めでも家族を作って満足するのではないかと。

だけど、いま、彼の視線はまっすぐ操を貫いている。雄らしい艶やかな色気を感じさせるまなざしに炙《あぶ》られ、身体の芯が火照り出す。

いけない。違う。いまはこんなことを考えている場合じゃない。康太がいつ目を覚ますかわからないのに。

「操」

低い声とともに手を摑まれ、ちゅ、と指先にくちづけられた。やさしくも無視できない強い熱が伝わってきて、無意識のうちにこくりと頷いていた。

白昼夢を見ているみたいだ。

「あ……っ……こうすけ、さん……」

首筋を辿るくちびるが熱い。

一日中はしゃいだせいか、康太は家に着いてもうとうとしていて、風呂に入れたあとすぐさま眠りに就《つ》いてしまった。

そしていま、操はパジャマを着て浩介の寝室にいる。康太と一緒に風呂に入っている間からも身体がじくじくし、なにかしたほうがいいだろうかという思いが頭をよぎったものの、我が子がいたので、思いきって浩介に委ねることにしたのだ。

彼も昂ぶっていたのか、いつもよりシャワーの時間が短めだった。

寝室のドアを閉めるなり強く抱き竦められ、ワイドダブルのベッドに組み敷かれた。

顔中にキスされ、身体の奥から潤ってくる。くちびるを避けられれば避けられるほど欲しくなってしまって仕方がない。だめだと言ったのは自分なのに。

よくいままで我慢できたなと妙な感心をしてしまう始末だ。

いってらっしゃいとおかえりの額のキスだけで過ごしてきた日々。康太が新生活に馴染むことだけにこころを砕いてきたから、自分の望みはつねにあと回しにしてきた。

でも、いまならわかる。彼の骨っぽい手で髪をくしゃりと掴まれ、地肌をくすぐられるとそれだけで夢見心地だ。

抱き締められるだけでも嬉しいのだが、熱っぽいくちびるを重ね合わせているとやはり先に進みたくなる。ちゅく、と舌を搦《から》め捕《と》られて吸い上げられ、んん、と声を掠れさせた。

そろりと彼の頬に触れて、体温が上がっていることを知る。浩介も欲情しているのだ。疼く身体を持て余しているのが自分だけではないと知ってすこしほっとし、ごくりと息を呑む。

キスを許してしまおうか。いま、とてもしたい。

流されているとわかっていても、したくてしょうがない。

「……っはぁ……」

浩介も耐えている面持ちで、くちびるの脇を掠めていく。そのまま数センチずれてくれれば本物のキスになるはずだ。

「……舌先だけ絡め合うのはだめか？」

「それは……」

それはキスというのだろうか。くちびるの表面を温かに触れ合わせるのがほんとうのキスだとしたら、劣情を煽る舌先を絡め合うだけのやり方は違う気がする。

わかっている。それだって言い訳だとも。

ほんとうはくちびるをぶつけられたら逃れられないし、自分からだってのめり込んでしまうだろう。

三年前の台湾の夜ではなにも考えずに夢中でくちづけ合った。そのことをきっと彼も覚えている。とろりとした唾液が伝わってきて、こくんと飲み込む。甘くて、美味しい。そんなふうな想像にかき立てられ、「……舌、だけなら」と口走ってしまった。

「じゃあ、舌の先だけ出してみてくれ」

頷いて、おずおずと舌の先端をくねり出す。それがどれだけ艶めかしく淫らな姿として浩介の目に映るか、ほとんど意識できない。甘えるように両手をぎゅっと握り、彼の鎖骨《さこつ》のあたりにあてがった。

濡れた赤い舌をやわらかにつつかれ、びくっと身体が震える。一瞬迷ったが、結局は伝わる熱に負けてしまって操も舌先を絡めていく。

くちびるは重ねず、舌先だけをのぞかせていやらしく触れ合わせる時間にじっとりと快感が脳内に染み渡っていくようだった。ちゅくちゅくと音が互いの間で響き渡り、全身が汗ばんできた。もっと欲しくて背中に爪を立てると、彼のほうも体重をかけてのしかかってくる。

「ん、……んっ」

くちゅりと舐る淫らな音が頭の中で響く。互いが求め合っての音だと思うと頬が火照り、腰もじりじりしてくる。浩介が手早くパジャマを脱がせてきて胸をまさぐり、もうぷっくりと腫《は》れぼったくなっている乳首を指でつまみ上げる。

くりくりと捏ね回されただけで上擦った声が漏れ、乳首の先端にじわんと火がともる。

「嚙んだら痛いかな」

「……ん、……ん、いい、です……すこし、だけなら……」

つぶらかに赤く尖っている乳首をちゅうっと吸われ、それだけでもう射精しそうだ。温かな口の中でこりこりと転がされて、ときおり冗談みたいにきゅっと嚙まれる。頑丈な前歯でやさしく嚙み締められ、しだいに疼きがひどくなり、それしか考えられなくなる。

「あ、あっ、……かんで、もっと……つよく、して……っ」

「俺を煽るな。ひどいことをしてしまいそうだ」

呻く男が執拗《しつよう》に尖りを愛撫しながら、今度は下肢へと手を伸ばしていく。もう反応しきってしまってつらいぐらいのそこに直接指が触れ、「――ん！」と息を弾ませた。

「や、ぁ、あっ、あ、だめ、だめ……！」

「こんなに硬くなってるのに？」

肉竿に指がいやらしく絡みついてぬるりと扱かれる。あふれ出す先走りは恥ずかしいほどに多く、根元まで濡らしていた。

はち切れそうな先端をまぁるく捏ねられて、先端の割れ目に指先が埋め込まれる。ぐずぐずと蕩かすように擦られてしまえばお手上げだ。

「あ、あ、だめ、すぐ、いっちゃ……う、イく……っ！」

やわらかな粘膜を指の腹でくすぐられて射精をうながされ、我慢できずにどっと吐き出してしまう。

「あ……っあ……ご、めん、なさ、い……」

「どうして謝るんだ。感じやすいきみはとても可愛いよ」

「……僕ばっかり……」

恥ずかしくて、と涙目で訴える。睫毛《まつげ》の先に涙が引っかかり、見上げる浩介がぼやけていた。

吐精したばかりのそこを物欲しげにまだ弄っている彼が、なにを思いついたのか、顔をそこに寄せていく。

「ン——……！」

達したばかりで敏感になりすぎているペニスを頬張られて身体がびくんと跳ね上がった。

「や、ッ、あっ、あぁっ！」

急激に熱が集まり、痛いほどに硬くなっていく。たったいま、放ったばかりなのに。

濡れた亀頭をべろりと舐《な》め上げられて、舌でくるまれる。じゅっ、じゅぅっと引き絞られてしまえば再び射精感が募り、薄い腹をひくつかせて悶《もだ》えるしかなかった。

肌がうっすらと汗で光り、情欲に赤らんで、浩介を無自覚に誘う。腰から下が勝手にくねり、奔放な肢体を晒してしまうこともわからずに。

やだ、だめと繰り返しているのに、浩介の口淫は止まらず、やさしく亀頭を食まれた。んく、と喉奥で声を詰まらせ、そこに顔を埋める彼の髪を痛いぐらいに摑んでしまう。

「やめろ」と怒ってくれたらいいのに。そうしたらこの甘い責め苦から逃れられるのに。厚く幅の広い舌に舐られる快感は壮絶で、言葉にならない。

「う、う、あ……あぁ……こう、す、け、さん……」

感度がピークに達し、またも達しそうだ。く、と下くちびるを嚙んで耐える操に気づいたのだろう。浩介はくすりと笑い、唾液で濡らした指をそろそろと後孔へと伝わせていく。かすかに震えるそこは男の侵入を待ちわびていた。

力ずくでもいい。奪われたい。

浩介の熱をじかに感じたい。身体の奥深いところで。

それが与えられたのは三年前の台湾の夜だけだ。再会してからはまだ最後までしてもらっていないから、どうしたって疼く。

「――あなたが……ほしい、です……」

「操」

「だめ、ですか、こんな淫らな僕に、呆れますか」

はぁ、と色香に湿った息を漏らしながら、おそるおそる彼と視線を絡める。

自分から欲しがるなんて、あの夜以来だ。狂おしいほどの熱が身体の中で暴れ回り、一度は彼に刻まれてしるしをつけられている道筋をあらためて辿ってほしがっている。

「おねがい、です、このままに、しない、で」

無理やりでもいいから。

そんなふうに言うと、ぎゅっと眉根を寄せた浩介が「そんなふうに言うな」と呟いて戒めのように肉竿をじゅうっときつく吸い上げる。

「あっあっ、も、だ、め、や」

「いまはもうすこし……きみを味わいたい。俺を刻みたい。信じてほしいんだ。勢いに流されるんじゃなくて、こころの底から俺と溶け合えるまで待ちたい」

「い、じわる、も、そうなってる、のに……！」

肉茎に張り付く舌がじゅぽじゅぽと音を立てる。頬肉の内側に亀頭を擦りつけて激しく吸ってくる彼に押されて、ああ、と喘いで操はきつく腰をよじらせた。

どくんと身体が脈打ち、ずっと奥のほうに溜まっていた熱が搾《しぼ》り取られていく。なだめるように窄《すぼ》まりを指の腹で擦られるのもたまらない。

じゅわぁっと漏れ出すような射精に泣きじゃくり、すべてを舐め取られる絶頂に酔いしれた。

もう、身体のどこにも力が入らない。かろうじて彼を抱き締めていたけれど、自分ばかり昂ぶらされる悔しさや一緒になれないもどかしさがない交ぜになって、浩介が呻くほどに強く背中を引っかいた。

「……ずるい、です、……僕ばかり……あなたから誘ってきたのに……」

「ああ、そうだ。今後もきみを何度となく誘う。でも、最後までするのはとっておきのときだけだ。そうじゃないと」

「そうじゃないと……？」

「俺が飽きられてしまうからな」

白濁で濡れたくちびるを色っぽく舐め取る男に顔を顰め、乱暴に抱きついた。

「……そんなこと……絶対、ないのに……」

だって、あなたは僕の運命。

先に飽きるならあなたのほうだと思う。意地悪しないで、新鮮なうちに僕を味わって、愉しんで、傷が浅いうちに放り出してほしい。

これ以上愛したらほんとうに身体の奥に熱を放たれたとき、みっともないほどにすがってしまうから。

お願いだから、僕を尊重するなら軽々しく扱ってほしい。もともと街娼なんだから、お金に見合うだけのことをして、させてほしい。そして簡単に捨ててほしい。結婚なんて素敵な夢を見せないで。

最初からそういう関係だったと僕を諦めさせて。

胸の裡に熱い靄が溜まって渦を巻いている。だけど、どれひとつ言葉にならず、熱が引かない身体を押しつけるだけだった。

こんなに好きなのに。

第五章

熱っぽい身体を必死に抑える日々だった。

いっそ彼にのしかかって、とも考えたが、さすがに頭がのぼせていると己を諌《いさ》め、康太が託児ルームに行っている間、こっそりと自慰でなんとか堪えることを覚えた。

煽るだけ煽って埋み火を根付かせるなんてひどすぎる。

ほんとうにほんとうに、そのときが来たら身も世もなく泣いてしまう。そんな無様な姿が見たいのだろうか。意地悪だ、ひねくれていると八つ当たりしたものの、康太がいてくれたおかげで気をそらすことができた。

自分ひとりきりだったら肉欲に溺《おぼ》れて前後の見境がつかなくなっていただろう。それこそ、浩介にむしゃぶりついていたかもしれない。

浅ましい姿を見せずにすんだのは、ひとえに親の顔も持っていたからだ。

今日はなにを食べさせようか、なにを着せようか。康太の世話を焼いている間だけは浩介との淫靡な熱がすっぽりと頭から抜け落ち、親としてしっかりとした芯を持つことができた。

梅雨に入り、雨続きの毎日で公園に遊びに行けない康太が体力を持て余していることに気づき、室内で楽しめる子ども向けのダンス動画を探し出し、一緒に遊んだ。二歳児でも覚えやすい歌詞と振り付けに康太は早速夢中になり、朝六時頃に起きるとまず踊る。子どもの足音が階下に響かないかと案じていたのだが、浩介が「このマンションは防音がしっかりしているからたいていのことは大丈夫だ」と言ってくれていたので、康太の好きなようにさせていた。幸いにも苦情はまったく来ない。

リビングの大型液晶テレビにタブレットPCを繋ぎ、気に入りのダンス動画を流せば、見よう見まねで楽しそうに手足をぱたぱたさせていた。リズムに合っているようでいてぜんぜん合っていなくて、でもとても楽しそうに踊っている我が子があまりにも可愛くて、スマートフォンで毎日動画を撮った。

浩介もこれが楽しかったらしく、毎朝起きてくるとソファでコーヒーを飲みながら康太のダンスを見守っていた。

すこしずつ振り付けを覚えていく康太に、「上手だね」「よくできてる」と声をかけながらチキンスープとオムレツ、グリーンサラダにロールパンといった朝食を用意して、ほどよいところで「できましたよ」とふたりに声をかけた。

夜は仕事相手との会食が多い浩介なので、食事をともにするのは朝のみということがほとんどだ。だからか、浩介は康太にこまめに気を配り、わざわざスープを飲ませてやることもしてくれていた。

ほんとうの父親のように。

思う存分康太を甘やかしてくれる場面にぶつかるたび、「――ほんとうは、あなたの子なんですよ」と口走りそうになった。

それほどまでにいまの自分は浩介にこころを寄せ、確実な楔《くさび》を求めているのだ。

でも、そのために康太を表に出すというのはなんだか卑怯だ。打ち明けるなら再会した直後に言っていればよかったのだし、胸に秘めるなら一生。

極端にしかできない己に不甲斐ないものを感じながらオムレツで口元を汚している康太をガーゼで拭ってやっていると、「そういえば」と向かい合わせに座る浩介がコーヒーマグを手に取る。

「今度の金曜日、取引先のパーティがあるんだ。会社設立五十周年を祝うとかで。きみと康太くんに同席してほしいんだが、どうだ？」

「え、あの、……お邪魔になりませんか？」

「なにを言ってるんだ」

可笑しそうに肩を揺らす浩介がコーヒーを飲み、サラダを美味しそうに頬張る。健啖家《けんたんか》の彼は朝食をしっかり取るタイプだ。

「きみと一緒に暮らすと約束したとき、そういう話もしただろう？　俺のパートナーとして隣にいてほしい」

パートナー。

砂糖菓子のように甘い味わいを残す言葉に頭がぼうっとする。

そうだった。ここに同居させてもらった第一の理由は、浩介のパートナーになることだった。結婚を申し込まれたという事実はさておき。揺るぎない重みを持つ言葉に向き合う勇気は、まだない。

康太とともに同伴するとなったら出自を疑われるような恥ずかしい真似は一切できない。古めかしい考えかもしれないが、浩介を立て、控えめにしていなければ。

「どんな格好をすればいいですか」

「普通のスーツで構わないよ。じつを言うと、もうきみのサイズに合う紺のスーツを仕立ててある。ワイシャツや靴も一緒に。今日の午後にはテーラーから届くはずだ。康太くんにもちょっとおしゃまな格好をしてもらおう。ワイシャツに蝶ネクタイ、吊りズボンにエナメル靴なら誰もが天使だと褒めそやす」

「あなたの恥にならないよう努めます」

金曜日までとにかく磨き上げなければ。

康太の髪はどうしようか。自分だって美容院ぐらい行ったほうがいい。女性のようにメイクまでする必要はないが、ここ半年近く忙しさにかまけてセルフカットで乗りきっていた。

浩介を送り出したらスマートフォンのアプリで近所の美容院を探そう。もしくは、康太を連れて前のアパートに戻り、エイミーたちに挨拶がてら新大久保の美容院に行くのでもいい。最近は子連れOKの美容院もだいぶ増えた。カットとシャンプー、トリートメントだから一時間そこらもあれば充分だろう。

「浩介さん、これ。お弁当です」

「ああ、ありがとう。楽しみだよ」

これも同居して変わったことのひとつだ。たいしたものではないけれど、週に二日、託児ルームに康太を預ける際にお弁当を作るので、浩介用にもこしらえることにしたのだ。

康太にはちいさなころころおにぎりと海老《えび》フライ、ハンバーグ、ブロッコリーにトマト。浩介用には大きめの三角おにぎりと海老フライ、豚の生姜《しょうが》焼き、ほうれん草のごま和《あ》えにひじきの佃《つくだ》煮《に》にした。別の容器にはたっぷりとしたグリーンサラダを詰め込んでいる。

「ビジネスランチが入ってしまったら遠慮なく捨てちゃってください」

「そんなことするわけがないだろう。早めに食べてランチはほどほどにする」

じゃあ行ってくるよと額にキスし、はしゃいでまとわりつく康太を抱き上げて何度も頬にくちづけ、浩介は出かけていった。

お弁当を詰めた保冷バッグを持ち、我が子にはおやつと気に入りのぬいぐるみが入ったちいさなリュックを背負わせてやる。

託児ルームは引っ越す前から変えていないのでちょっと距離があるが、浩介にアドバイスされてタクシーを使うようになった。

預ける時間帯が変わっても仲よしのお友だちもできたようだし、保育士たちも温かなひとばかりなので、康太は週二の預かりをとても楽しみにしている。

ささっと身支度を調えてボディバッグを背負い、康太を抱き上げてマンションを出る。タクシーで託児ルームまでは五分ほどだ。九時から十六時まで預かってもらい、その間操は溜まった家事を一気に片付ける。

「じゃあ、また夕方迎えに来るね」

「うん！　ばいばい、みー。あっ、ゆうくーん！」

預けた当初は首にしがみついて泣いて泣いてどうしようもなかったが、気の合う友だちができたらころっと態度が変わったのがなんとも可笑しい。それでも床に下ろすまでぎゅうっと首に抱きついているのがやっぱり可愛い。今日も早めに迎えに来ようと決めて、笑顔の保育士たちに頭を下げた。

これから家に帰って雑事を片付けるか。それとも美容院に行くか。タクシー内で検索してみると、以前のアパート近くに雰囲気のよさそうな美容院があった。カット料金もそれなりに手頃だ。さっと切って、エイミーたちに挨拶をしていこう。

美容院に電話してみるとすぐに予約が取れたので、タクシーで向かってもらう。最近できたばかりらしく、爽やかなホワイトとブルーでまとめた店内は、男女問わずに気軽に入れそうだ。

美容師と相談し、全体的にそろえてもらうことにした。ひとの手でシャンプーしてもらうなんてていつぶりだろう。あまりに気持ちよくて眠ってしまいそうだ。

うとうとしながら席を移動し、カットクロスをかけてもらって手際よく髪を切ってもらう。女性美容師は操の整った顔がもっと引き立つようにと前下がりでうなじをすっきり出すスタイルを提案してきたので了承した。下を向くとわずかに落ちてくる髪が鬱陶しいこともあるのだが、そういうときはピンで留めるようにしている。あまり短いのは似合わないのだ。

しっとりと髪がまとまる甘い香りのトリートメント剤を塗られたあと、ヘッドマッサージを受け、ほんとうにうたた寝してしまった。

「できあがりましたよ」

声をかけられてはっと目を開き、席に戻ってドライヤーで乾かしてもらうと清潔に仕上がった自分が鏡の中にいた。長さ自体はさほど変わっていないが、もともとの癖を生かしていい感じに仕立ててある。すっきりしたうなじを照れながら撫で、「気に入りました」と礼を言った。

このスタイルを見たら、浩介はなんと言うだろう。大変身したわけではないから、気づかないかもしれない。

家に帰って部屋中に掃除機をかけ、バスルームをごしごし洗っていると、宅配便が届いた。受け取ると、都内有名百貨店の大きな箱がみっつ。

ひとつは軽いので、たぶん康太用だろう。あとのふたつは操のためか。

そろそろと紙包みを破いて蓋を開けると、カバーにかかった紳士服が収められていた。

開けてみれば、気品のあるネイビーのスーツに、冴《さ》えたクリスタルブルーのネクタイ。ワイシャツも入っているし、シルバーのネクタイピンやダークブラウンの革靴も入っている。いつの間に測ったのだろう、靴のサイズはぴったりだ。スーツやシャツも同様に。

自室のクローゼット前でひとつひとつ身に着け、鏡に映す。切ったばかりの髪によく似合っていた。清楚で慎ましく、それなりに品も感じられる。これなら浩介のそばにいても恥ずかしくない。

夕方前になって普段着で康太を迎えに行き、近くのスーパーで買い物をしたあとドーナッツショップに寄り、フレンチクルーラーをひとつずつ食べた。

「康太、帰ったらおめかししようか」

「おめかし？　どして？」

「金曜日に浩介さんとパーティに出るんだ。おまえにも来てほしいんだって。新しいお洋服もあるから」

「えーなになに、どんなの？　こうくん、きてみたい」

俄然《がぜん》興味を持ってくれた我が子に感謝し、家路を急ぐ。

ドーナッツで機嫌がよくなっているうちに服を着替えさせ、黒のぴしりとした蝶ネクタイを着け、髪を撫でつけてやればできあがりだ。

「わ……！　ね、ね、こうくん、かっこい？」

「うん、めちゃくちゃ格好いい。僕が負けそう」

「えー、みーもおきがえするの。みせて」

そこでもう一度スーツに着替えてみせれば、康太はぴょんぴょん飛び跳ねて大喜びだ。

「みー、きれい！　すっごくきれい！」

「綺麗？　格好いいじゃなくて？」

「きれいー。かっこいいし、きれい」

偽りのない賛辞に照れ、スーツを脱ぎ、「当日まで浩介さんに内緒にしとこうね」と約束する。

「毎日お風呂に入って身体ぴかぴかに磨いて、浩介さんをびっくりさせよう」

「ん！」

元気よく頷く子に夕飯を食べさせて風呂に入れ、寝かしつける。二十時半にもなれば大きなあくびを連発するので自室に連れていき、ベッドに横たえて背中をとんとんする。

おめかしではしゃいだせいか。たちまち眠りに就いた康太の温かい身体を堪能し、蒸し暑くないように扇風機を弱めに回す。夏風邪を引くとしつこいから、用心を重ねたい。

コットンガーゼのロンパースと青の甚平《じんべい》姿ですうすう眠る康太に微笑み、ぽんぽんとやさしくお腹を叩いた。

そのうち操もあくびが出始める。自室を出てスマートフォンを確かめると、いつの間にか浩介からメッセージが届いていた。

『今日は美味しい弁当をありがとう。おかげで午後の仕事も乗り切った、海老フライが美味しかったから、また入れてほしい。夜は会食で遅くなりそうなので、先に寝ていてくれ』

「わかりました。ご無理なさらず、っと……」

返信して風呂に入り、ぐうっと手足を伸ばす。お弁当を褒めてもらえたのが意外なほど嬉しかったので、またこころを込めて作ろう。浩介は海老が好きなようだから、フリッターにしてもいいし、海老チリにしてもいい。冷めても美味しい海老チリを作る自信がある。

康太と一緒に入るときは入浴剤を使わないが、いまはひとりだ。肌にやさしいミルクタイプの入浴剤を入れ、とろみのついた湯を何度もすくって胸元や二の腕に伸ばす。

——この身体を、いつまで浩介は求めてくれるだろう。

同居してから二度、身体に触れられている。けれど、最後まではしていない。思いきり焦らしているのか、その気がないのか。それとも相当の意地悪なのか。

判別がつかないなと思っているうちにのぼせてきたので早々に上がり、ふかふかのバスタオルで全身を拭い、パジャマに着替えて康太が眠る自室に戻った。

遅く帰ってきた浩介のために、あっさり食べられる海苔茶漬けを用意しておいた。食べられなかったら、明朝自分が食べればよい。

こころを尽くし、手を尽くし、決戦の金曜日まであと数日。

「康太、僕の手を離しちゃだめだよ」

「ん……！」

都心のホテルのバンケットルームを使った大がかりなパーティは立食形式だ。とはいえ、壁沿いにソファが用意してあったので、浩介に案内され、そのひとつに腰掛けることができた。

「挨拶をする前に美味しいものを食べさせてあげよう。待っていてくれ」

そう言って、浩介は料理を取りに行く。まだ生物《なまもの》が食べられない二歳児にはグリルされたチキンや美味しいサンドイッチを運んでくれ、操には蟹《かに》とブロッコリーのキッシュを持ってきてくれた。

「サクサクしていて美味しいんだ。ローストビーフも食べるか？」

「いただきます」

「ろーすと、びーふ。こうくんもちょっとたべたい」

「ん、ちょっとだけだよ。しっかり焼けてる端っこだけ」

火をとおしてあるが、まだ幼い子に生に近い肉を食べさせるのは気を遣う。刺身類も、五歳、六歳を過ぎる頃までは我慢かなと考えているのだ。

焼けた肉の端を囓らせてやると、康太は得意満面だ。大人扱いしてもらえた気分なのだろう。

短い足をぷらぷらさせながら、操があらかじめ持ってきたお食事スタイをつけて、浩介がさらに運んできてくれたプチトマトや新鮮ないちごもちょこちょこつまんでいる。

アイスクリームも食べたがるので、お腹が痛くならないようにすこしだけだよと約束して浩介に頼んだ。気前よく請け負ってくれた彼は康太の好きなバニラアイスを運んできてくれ、隣に腰掛けて「あーんしてごらん」と言う。

「あーん」

ひな鳥みたいに大きな口を開ける我が子が可愛くてたまらず、そっとスマートフォンで写真を撮った。

「それにしても……ふたりとも大変身だな。目の保養だ。康太くんはいつもより大人っぽくて凜としていて、格好いい」

「ねえ、ねえ、みーは？　みーは？」

よじよじと彼の膝に上る康太が操を振り返る。視線が絡んだ途端、ぱっと頬が熱くなった。

この姿を見せたときから、浩介の視線は釘付けだった。賞賛、驚き、あとはなんだろう。わずかばかり欲情も混じっていたかもしれない。

「……そんなに見ないでください。恥ずかしい」

「どうして。きみほど美しい男は見たことがないよ。とても綺麗だ。髪を切ったんだな。よく似合ってるよ」

率直な賛辞にカアッとうなじが赤く染まる。ネイビーのスーツを着ているからよけいに目立つだろう。

　そこを人差し指でかりっと引っかかれ、びくりと姿勢を正す。

「……もう！」

「ふふ、すまない。きみがあまりにも可愛い反応を見せるから。ほんとうに綺麗だよ」

　美しいと何度も言われてきたけれど、康太と同じく、「綺麗だ」と素直な子どものように褒められると身の置きどころがないほどに照れくさい。

「台湾の夜とすこし似ているな。あのときもこれぐらいのひとがいた。大勢のひとの中でも、操はとびきり綺麗だったよ。ウエイターだったきみがトレイを持って客と客の間を歩いてくる間、ずっと釘付けだった。最初からきみしか見えてなかったよ」

「そんなの。僕だって同じです。ウエイターのバイトをしていたこともあったからなんとか務まったんですが、浩介さんに呼び止められてグラスを渡した瞬間、指が触れ合ったでしょう？　あのとき、すごく温かくて……思わずトレイを落とすところでした」

「震えてたな。俺が肘を支えたのが話すきっかけになった。さりげなく触れる男を信じたらつけ込まれるぞ」

　いたずらっぽく片目をつむる彼にくすっと笑ってしまう。

　自分でも思い出す。あの夜は緊張していた反面、どこか浮かれていた。初めて訪れた外国で数時間の手伝いに駆り出され、まったく知らないひとびとの間を練り歩き、たまに話しかけられては控えめな笑みを浮かべながら応えた。

　突発的なチャレンジに強いほうではない。どちらかというと慎重派だ。だが、旅先でテンションが上がっていたのだろう。思わぬ度胸で対処できたし、男っぽく誘ってきた浩介にこくりと頷くこともした。

　あらんかぎりの勇気を出して承諾した結果が、康太だ。一度かぎりのめぐり逢いと思っていたのだから、運命というのは自分ではどうにもならないものなのだとあらためて感じる。

　浩介という相手があってのことだから、あの日はすがることも、引き留めることもせずに自ら消える選択をした。夜明けになって、なんてことをしたんだろうと羞恥心がよみがえったからだ。

　だけど、またこうして出会った。触れ合い、同居するまでに至った。

　互いに食事をつまみ、ワインを呑み、他愛ない話をする。

　そのうちひとだかりをかき分けて現れた恰幅《かっぷく》のいい男が、「こんなところにいたのか！」と大仰に両手を広げて浩介の前に立つ。はち切れんばかりの腹をスリーピースで押さえ込み、ベストのボタンが弾け飛びそうだ。太い指は大きな石のついたリングをはめ、腕時計もギラギラしている。

　いかにもといったふうの富裕層。間違いなくアルファだろう。

「壁の花になっている場合じゃないだろう。紹介したい子がいるんだ。来なさい」

「村田《むらた》さん、申し訳ありません。私はここにおります。申し遅れましたが、パートナーの操と、私の子の康太です。操、ご挨拶を」

すっくと立った浩介の隣に、破裂しそうな心臓を抱えながら寄り添う。しっかりと康太の肩を抱き寄せて。

ひとまえで、パートナーと公表されたことに身が引き締まる。

「パートナー……？　子どもというのは、きみの子なのか」

にわかに顔色を険《けわ》しくさせる村田が通りがかったウエイターから乱暴にワイングラスを取り、呷る。

「いままでひと言も言ってなかったじゃないか」

「子どもが外に出られるまでは内密にしておこうと思いまして」

「……隣の男は、オメガか」

ひと目で見抜かれたことに内心驚く。そしてその声にこもる侮蔑も。

表向きには笑顔だが、口元が歪《ゆが》んでいる。彼にとって、オメガとは昔ながらの最下層の人種なのだろう。康太のことはさっと見ただけでもう二度と目もくれなかった。

「婚姻届は出したのか」

「……これからです」

「だったらまだ間に合う。さ、うちの娘が向こうで待っている。すこしでいいから会ってやってくれないか。きみと今夜お喋りができるのを楽しみにしていたんだよ。さあさあ早く」

あまりに強引な誘いに唖然としているのは浩介も操も同じだ。

浩介はしばし苦い顔をしていたが、やがて「心配要らない。俺を信じてくれ、挨拶だけしてくる。大切な取引先なんだ」と言う。

これぐらいは想定内だ。奇異な目で見られる時代は終わったと思っていたが、アルファの中には偏見が根強い者もいまだいる。

腹に力を込め、ことさら康太の肩をしっかりと抱き寄せた。

「わかりました。僕のことは気にしないでください。お邪魔にならないようにしてますから」

「すぐに戻ってくる」

そう言って、浩介はため息をつきながら歩いていった。

広い背中が遠ざかるのを見つめ、すこしの間ぼんやりしていた。

「みー……」

ちいさな手に袖を摑まれ、はっとなる。

「……ごめん、ぼんやりしちゃって。まだなにか食べる？」

「ううん、もうおなかいっぱい。おそと、でてもいい？」

「広間の外？　うーん……」

浩介を待つならここに残っていたほうがいいのだが、大人のパーティに飽きた子どもはうずうずしている。会場内で走り回ったりいたずらをしたりするよりは、と考えて、康太に付き添って廊下に出ることにした。浩介もなにかあればスマートフォンに連絡をくれるだろう。

一流ホテルらしく深緑の毛足の長い絨毯には模様が渦巻き、子どもの目を引き付ける。四つん這いになってじりじり進みたがるのを止めて手を繋ぎ、「すごいねえ」とあちこち見て回った。バンケットルームはホテルの二階にあり、会場外までざわめきが届く。

そこから離れ、一階のロビーにあるラウンジでひと休みしようかという気になった。あちこちの扉を眺め、一階に下りてからもショップをのぞき、きらきらしたシャンデリアにこころを奪われている康太に、「喉渇かない？」と膝を曲げて訊いてみると、「かわいたぁ」と可愛い声が返ってくる。

「じゃ、あそこのラウンジでジュースを飲もうか」

「こうはいいの？　きっとまってるよ？」

「浩介さんはお仕事があるから。僕たちがいないってわかったら電話をくれるよ」

「ん……わかった」

互いに手を繋ぎ、ラウンジへと足を踏み入れる。金曜の夜だからか結構賑わっていて、生のピアノ演奏が披露されていた。

「……こんなとこ、はじめて……」

「僕も。緊張しちゃうね」

ラウンジの奥まった場所に席を取ってもらい、くすっと笑って、大判のメニューをざっと見、康太用に百パーセントオレンジジュースを、自分にはすこし迷ってスパークリングワインを頼んだ。しゅわしゅわ弾ける味わいが好きなので、酒を飲むときはスパークリングを選ぶことが多い。

丁寧な物腰のウエイターがグラスを運んできてくれ、康太にはチョコチップが入ったクッキーも出してくれた。

「ありがと、ごじゃます」

舌っ足らずで嬉しそうな康太がクッキーをぱりっと齧る。「おいち」と蕩けた顔にウエイターもにこにこしながら去っていった。

憂えた顔を見せまいと用心しながらも、爽やかな味わいのスパークリングワインを口に運ぶ。コンビニで売っているのとは大違いの味だ。軽くて、後味がすっきりしていてしつこくなく、結構強い。

康太のクッキーの欠片《かけら》をもらってじんわりと噛み締める。甘くて、ほろ苦い。

──いま頃、どんなひとと会ってるんだろう。どんな話をしてるんだろう。僕らのことは明かしてくれるんだろうか。

心配要らないと浩介は言った。だったら信じなければ。

ゆっくりゆっくりワインを啜ってラウンジ内を見回す。美しく着飾ったひとびとでいっぱいの場所で自分という存在は浮いてないだろうか。

誰も彼もが裕福で、生きていくのに一度たりとも困ったことなどない顔で笑いさざめいている。

そんな中で、スーツこそきちんとしたものを身に着けているものの、自分はこの間まで街娼だった身分だ。油断するととんでもないボロが出そうで怖い。

――ここにエイミーさんやユキオさんがいてくれたら笑い飛ばしてくれるだろうに。

ひょんなことで慌ててグラスを倒したりしないよう気をつけ、隣に腰掛けた康太を見守る。

好奇心旺盛にあちこち見回していたが康太だが、ある一点を見つめ、「あ……」と声を上げた。

「こう」

「ん？」

「あそこ、こう」

ちいちゃな指でさす方向に、確かに浩介がいた。いましがたラウンジにやってきたのだろう。

自分たちを捜してきたのか。急いでスマートフォンを確かめようとすると、再び康太が「あ」と声を掠れさせる。

「だぁれ、あれ」

「……え？」

浩介のあとを追うように、深紅のドレスに身を包んだ女性がやってきた。瞬間、操は身体を縮め、身を隠すようにした。互いを隔てるようにグランドピアノがあったので、その陰に身を潜める。

「みー？」

「しー」

子どもの口を手でふさぎ、様子を窺った。

浩介はこちらに背を向けるようにボックス席に腰掛け、女性は真向かいに。豊かな巻き髪が美しく、大輪の薔薇《ばら》のような華やかさがある女性だ。楽しそうになにか話し、親しげに手を伸ばして浩介の手首を摑んでいる。

背中を見せている浩介が身を引くかと思いきや、彼女の手を包み込んでいた。

やさしく、熱く。

それを目にした瞬間、かっと耳に血が集まり、逆に心臓は凍えてばりばりと砕け散りそうだ。

誰、なんだろう。

先ほどパーティ会場で紹介されていた取引先の娘だろうか。それにしたって、親しそうだ。昨日今日出会った仲ではないように見える。

疑いたいわけではないのに息が浅くなり、頭ががんがんと痛み出す。

念のためにスマートフォンに目を落としたが、彼からはなんの連絡もない。

パーティを抜け出して、ふたりきりでなんの話だろう。

ぎゅっと康太の肩を抱き、身を縮こまらせた。

「みー、どしたの。こうのとこ、いかないの？」

「……いまは、だめ」

「なんで？」

「邪魔に、なるから」

そう。邪魔になるから。

心配ないと言っていたけれど、やはり浩介だってアルファなのだ。同じ血を持つ者に惹かれるのは仕方ないだろう。断れない相手だとしても、あんなに女性を微笑ませることができるのだろうか。

素知らぬ顔をして、「浩介さん」と顔を出すこともできる。

挨拶をし、彼の隣に腰掛け、間に康太を座らせて、ただならぬ仲であることを彼女に見せつけることもできる。つい先ほど、彼自身の口から「パートナーです」と紹介されたのだから、胸を張ればいい。

自分の心臓が強ければ。

そこが問題だった。

勇気とはなんだ。

厚かましくも彼の前に出ていくことか。自分の立場を主張することか。

違う。

康太を守り、無言でこの場をやり過ごすことだ。

浩介の声はここまで届いてこない。けれど、勝ち誇るような彼女の甲高《かんだか》い笑い声が耳を刺す。

康太をぎゅっと抱き締め、瞼を閉じた。

ピアノの優雅な旋律。楽しげに笑うひとびと。ティーカップをソーサーに戻す音。かすかな衣擦れ。

——ここはおまえの居場所ではないんだよ。所詮《しょせん》金で買われた身じゃないか。結婚なんて結局夢だったんだよ。

誰かに、そう言われた気がした。


操の様子がおかしいことに気づいた浩介が、自宅に戻るなり「どうしたんだ」と顔をのぞき込んできた。

帰りのタクシー内で康太は眠っていたから、起こさないように静かに抱き上げ、部屋へと運ぶ。

「パーティでなにかあったのか？」

「そんなことないです。ただ、ちょっとひと疲れしただけで。……お風呂、先にいただいていいですか？」

「ああ、構わない。ほんとうに大丈夫か？　顔色もよくない」

額に手を当ててくる男にびくりと背筋を震わせた。

あまりよくない兆候だ。

同居を始めて二か月近く。そろそろヒートが来る頃だ。康太を産んだ直後はホルモンバランスも安定しなかったのか、半年ほどヒートには見舞われなかったが、最近は元どおり、三か月に一度の頻度でヒートの症状に悩まされる。

浩介と出会う前なら強めの抑制剤と自慰でなんとかごまかしていたが、彼の体温を知ってしまった身体だ。今回はどうなるかまったくわからない。

女性の手をやさしく包み込んでいた浩介のうしろ姿が脳裏によみがえる。

精神的にも揺れていて、いつになくひどいヒートに見舞われそうだ。

ヒートの前触れである微熱を覚えながら康太を寝かしつけ、早々に抑制剤を飲んだ。即効性のある薬は内臓に負担がかかると言われているが、迷っている場合ではない。

常温水で薬を飲み、ぬるめの風呂に入る。シャワーだけにしておこうかと思ったが、神経が尖っているのでゆっくり風呂に浸かりたい。

あとに入るだろう浩介を気遣って、バスタブに垂らすアロマオイルはティーツリーにした。すっきりと爽やかな香りを吸い込み、気分が落ち着くのを待つ。身体を温めたあとは身体と頭を洗う。ボディソープは無香料だが、ヘアシャンプーとコンディショナーは甘い香りを好んでいた。

いつもなら楽しく髪を洗うのだが、今日はやけに香りが鼻についた。甘く甘く、胸に染み込む香り。抑え込んだ淫らさをかき立てる香り。

「ぁ……っあ……っ……」

力を振り絞って泡を流し、もう一度バスタブに入る。すりっと尻がバスタブの底に触れてひくんと喉の奥が締まった。

触りたくないのに、触りたくてどうしようもない。

「ん……」

眉をひそめ、そろそろとうしろに手を回す。この間、浩介はここをすこしだけ触ってくれた。どうしてくれたのだっけ。指を挿入してくれたのだったか。それとも——そうだ、指の腹を擦りつけてくれたのだ。

人差し指の先端を後孔の縁にあてがい、ぎこちなく擦ってみる。途端に、ぴり、と刺激が走り、息が漏れる。

「あっ……こう、すけ……さん……」

きつく締まっているそこをすりすりと擦り、じわっと熱を孕んだところで夢現《ゆめうつつ》で指先をつぷりと挿れてみた。

「アッ……！」

第一関節をそうっと呑み込ませただけでぞくぞくし、性器も硬く勃ち上がる。ここに浩介が挿ってくれたのは約三年前。

あのとき、もっと乱暴に抱いてもらえばよかった。男に身を任せるなんてとんでもないとトラウマになっていれば、いまこんなふうに身体を疼かせることはなかったのに。

バスタブの中でよろけながら立ち上がり、壁にすがって双丘の狭間を弄る。

もっとめちゃくちゃに弄りたくて、でもやっぱり怖くて、うまくできない。くちゅくちゅと浅いところで抜き挿しし、ねっとりと蠕動《ぜんどう》する内壁をまさぐった。こんなに拙い愛撫なのにぎりぎりまで昂ぶり、前も扱いてしまいたくなる。

「ん、んぅ、あ……、う……」

腰を突き出すようにしてうしろに回した指をぬちゅりと出したり挿れたりして、こわごわと乳首にも触れてみた。

「……ッ！」

ずきん、と痛むほどの快楽が走り抜け、声が出ない。ここを浩介は噛んだり舐めしゃぶったりするのが好きだ。しつこいぐらいに愛撫されると形が淫らに崩れ、真っ赤にふくらむ。

根元をねじり上げ、痛みに近い快感を与えてはあはあと息を途切れさせた。もっともっと、堕ちてしまいたい。ここで吐き出さなければ、よけいにヒートがひどくなる。

ふいに樹脂パネルのドアの向こうに人影が現れ、とんとんとノックされた。

「操？　どうした、気分でも悪くなったか」

「い、……いえ、だい、じょう、ぶっ……ァ……！」

中を探っていた指の角度が深さを増してしまって、いいところを掠めたことで声が漏れると、ドアの向こうが静まり返り、次の瞬間、内側に向かって開いた。

「――操」

「あ、あ、み、みないでっ、やだ……！」

腰を上げた格好で自分で慰めているところを見られるなんて最悪だ。

浩介は戸口で固まり、操の痴態《ちたい》に見入っている。

「……自分で、していたのか？」

視線が突き刺さり、身動《みじろ》ぎもできない。痴態を晒しているとわかっていて、ますます恥ずかしいことをしたくなる自分は絶対におかしい。腰が勝手にくねり、浩介に秘部を見せつけてしまう。

「ん、ん、……ぅ、ヒートで、……くす、り、まだ、きかな、くて……」

「だから調子が悪そうだったのか……」

スーツ姿のままの浩介は靴下が濡れるのにも構わずバスルームに入ってきて、背後からグイと操の細腰を両手で摑み上げる。

「……そんなにしたかったのか」

「ん――は……ぁ……」

言うか言うまいか惑い、身悶えたものの、ついには陥落した。

腰にあてがわれた手から伝わる熱がたまらなくいい。この熱にかき乱されたい。

――もう一度だけ、僕をあなたのものだと勘違いさせてほしい。

「し……、たい。したいです、おねがい、浩介、さん、して……」

はしたない言葉が次々にあふれ出る。

胸に燃え盛る炎を突っ込まれ、浅ましい願いを目の前に炙り出されるようだった。

それに抗う術《すべ》はなくて、肩越しに振り返り涙目で懇願する。

「欲しい、あなたが――ほしい」

ぐっと眉根を寄せた浩介が噛みつくようにくちづけてきて、舌を吸い上げてくる。

最初からくらくらするような刺激を与えられて膝が震えてしまう。

キスはだめだと言う前にくちびるを奪われ、酸素が足りないながらも操も夢中になって応える。とろとろと唾液を伝え合い、喉を鳴らす。

口腔内を長い舌が力強く蠢《うごめ》き、歯列をなぞっていく。んん、と呻くと上顎を舐められ、じんじんした甘やかな疼きをそこに埋められた。キスだけでこんなにも悦《い》いのなら、この先どうなってしまうのだろう。

わかっていた。最初から。キスを断っても、このこころはすべてあなたのものだったのだと。

たどたどしく馴らしたそこへ浩介の指が添えられて、一番長い中指が肉襞を擦り上げるように挿ってきた。

「あぁっ！」

中を広げられ、じくじくと熱を孕まされ、喉の渇きがひどくなる。じっとりと湿る襞をかき分ける指はやわらかさを確かめるように慎重に動き、ぬぽぬぽと音を響かせる。

それでもまだ潤いが足りないとわかったのだろう。バスタブの中で浩介が跪き、尻の狭間に舌を言わせてきた。

「や、っ、あ、あ、だめ、だめ……！」

そんなところを舐めるなんて。いけない。あなたはそんなことをしちゃいけない。

じゅるっと吸い上げられて縁を食まれ、狭い孔をこじ開けてとろりと唾液を流し込んでくる。そうして尻たぶを両手で摑み、ぐしゅぐしゅと揉み込んでくる。その荒っぽい愛撫がたまらない快楽を呼び、悶え狂った。

「こんなに敏感な身体を三年も放っておいたのか……我慢していた俺自身が信じられない。きみはわかってるのか？　綺麗でとんでもない色気を放つ操を毎日見せられて、どれだけ耐えていたか」

「あっ、あ、い、いい、……そこ、やぁっ……っ」

指の痕がつくほどに揉みしだかれ、また中を指でこじ開けられる。ひくつく襞が擦れ合って、もっと強い刺激をほしがる。

その繰り返しで操がぼろぼろ泣いてせがむと、背後でジリッとジッパーの噛む音がする。

「あ……！」

怖いほどの屹立《きつりつ》が押し当てられ、怖《おじ》けて腰を引いてしまいそうになるが、逆に強く引き戻されて狭い場所を抉《えぐ》るようにぐぐっと上向きに挿ってきた。

「ん――ん……！」

「操」

待っていた。これを待ち望んでいた。

狂おしいほどの灼熱《しゃくねつ》で貫かれ、肉襞をごしゅごしゅと擦られる。いい、やだ、すごくいい、とあられもないことを口走る。三年前とは比べものにならないぐらいの凶悪な男根に酔いしれ、ずんっと最奥まで突かれるとひと息に昇り詰めてしまった。

「あぁっ、あっあっ、あっ」

最奥をごりごりと張り出した亀頭で擦られて、勝手に声がほとばしる。

「操——こっちを向いてくれ」

「ん、んぅ」

くちびるをきつくふさがれて、声が呑み込まれる。遠い部屋でぐっすり眠る我が子に気遣ってくれたのだ。じんじん痺れる舌の先端を噛まれると腰から崩れ落ちそうだ。

「だめ、も、……イき、そ……イっちゃう……っ」

「ああ、俺もきみの中でイきたい」

無我夢中で腰をぶつけ合い、ぐちゅりと粘った音が最奥から聞こえたとき、操は我慢できずに放った。すぐあとを追って、浩介もどろりとした熱をぶつけてくる。

「はぁ……っあ……は……っぁ……っ」

鼓動が乱れて頭の芯がくらりとする。三年前だってこんなによくはなかった。日々をともにし、

彼自身を根底から知ったことで、とりわけ愛情深いひとなのだとわかってよけいに愛した。だから、ほんとうはやさしくしなくてもいい。『あなたなんかひどいひとだ』となじれるぐらい手ひどく扱ったっていいのに、喉元を、胸を、腰を、そして内腿を擦る手は温かく色っぽく、どんなに息を漏らしても苦しい。

朦朧とした意識でずるりと抜け出ていく彼を締め付けてしまう。もっと、もっと欲しいのに。

その切なる声は彼にも届いていたのだろう。

今度は向かい合わせになり、操の片足を高々と抱え上げる。ぐらつく不安定な格好に戸惑うと、「しがみついていい」と囁かれたので、彼の逞しい首にぎゅっと抱きついた。スーツがびしょ濡れになってしまうとわかっていて、止めようがなかった。

「もう一度だ。操、もう一度きみが欲しい」

「ん……はい……」

やっと与えてもらえた熱杭をまだ離したくない。浩介も同じらしく、漲《みなぎ》ったままのそれを押し込んできて激しく揺さぶってきた。

狂乱のヒートに呑み込まれていくのは自分だけじゃない。

浩介も。

彼から香り立つ男の色香に陶然となり、操は深い快感に溺れていく。

穿《うが》たれても穿たれても求めてしまう自分は愚かなのだろうか。

――でも、願いは叶った。

とうとう抱いてもらえた。中に出してもらうこともできた。

ヒートじゃなかったらこんなことにはなっていなかっただろう。

――これ以上は、もう求めちゃいけない。

熱く滾《たぎ》る意識の底でそう思う。

もう引き際だ。これ以上愛情を寄せたって、所詮住む世界が違う。結婚を申し込んでくれた浩介だったけれども、今日、同じ世界に住むアルファの女性と話して目が覚めただろう。結局、オメガは劣情を煽るだけの存在だったのだと。

だったら意地を張ってでも『こういう生活、似合ってないので』と早めに切り上げても問題ないだろう。

儀礼的にもらえるものはもらって、康太の手を取って逃げる。

そんな己が情けなくて、恥ずかしくて、でも――どうしようもない自分だけど、必死にやってきた。

最後のキスをねだるように、操は顔を上げた。

男らしく精悍な顔立ちが艶めいている。

ずっと見ていられたらいいのに。

独りよがり。

そんな言葉が頭に浮かぶが、覚悟を決めたら早めに行動に移すことが必要だ。

いきなり荷物をまとめて出ていくとなったらおおごとだから、ここに越してきたときに持ち込んできた康太の衣類を段ボール箱に詰め、浩介が仕事で不在の昼間に宅配便に集荷してもらった。自分の服なんかどうにでもなる。前のアパートにすこし残してあるから、着の身着のまま出ていってもいい。

康太のお気に入りのおもちゃには、浩介が買い与えてくれたものがたくさんあって涙が滲んだ。カラフルな飛び出す絵本。やわらかな色合いの積み木。ままごとセットもある。クマが大好きな康太のために、浩介は眠るときに心地好いオーガニックコットンでできたぬいぐるみもプレゼントしてくれた。

やさしいクリームイエローでできたそれは康太が毎晩抱き締めて眠るほどのお気に入りだ。

散々悩んで、買ってもらったものはほぼすべて置いていくことにし、康太が終始手放さないアニメキャラクターのぬいぐるみだけ持っていくことにした。浩介からの最初の贈り物だ。手にした瞬間にぱあっと顔を輝かせた康太をいまでもよく覚えている。

さよならも告げないで、出ていくつもりだ。

とにかく姿を消し、スマートフォンのメッセージで別れを切り出そう。こんな窮屈な暮らしは苦しいだけなのだと。金は銀行口座に振り込んでほしいと言えば完璧だ。

出ていく寸前までいつもどおりに過ごそうと決めた。食事の支度をし、洗濯をし、掃除をし、笑顔で彼を出迎え送り出す。そうすることが唯一のお礼だと考えたのだ。

突然態度を硬化させて喧嘩をふっかけるのは性に合わない。

じわじわと神経を蝕《むしば》むような日々の中、浩介がとある朝食の席で、「今日は会食で遅くなるから、食事はいいよ。先に寝ていていい」と言ったので、――今日だ、とこころに決めた。

「あまりお酒を飲みすぎないでくださいね。ちゃんとごはんも食べて」

「わかってる。会食なんかよりも、きみの料理のほうがずっと旨い。この間作ってくれたアヒージョがとても美味しかったよ。海老とブロッコリーの。あれはいけない食べ物だな。いくらでもワインが進む」

「結構簡単なんですよ。新鮮な海老があればいつでもできますし、また――」

そこで思わず言葉を呑み込んだ。

――また、作りますね。

それはけっして言えない言葉だった。もう未来の約束はしてはいけない身だ。

そこまで非道にはなれないから言葉を濁し、朝から元気にパンケーキを頬張る愛し子の世話を焼いた。

「康太くんはパンケーキが大好きなんだな。ほら、生クリームで口元がべたべただぞ」

「あ、ん」

「あ……」

自分がやろうとするよりも先に向かいに座った浩介がナプキンで康太の口元を拭っている。

目に焼きつけておきたい、親子のしあわせな絵だ。

——ほんとうはね、康太、そのひとがおまえのパパなんだよ。康太がパパって呼んでいい、ただひとりのひとなんだよ。

迫り上がる熱の塊を冷たいオレンジジュースでぐっと飲み干す。

大人の都合に子どもを巻き込むなんて最低だ。ずっとふたりきりで暮らしてきたのに、数か月とはいえ、大人の男の包容力を知ってしまった康太はまたふたり暮らしに戻れるだろうか。浩介を求めて毎夜泣くんじゃないだろうか。

だから、決めていることがひとつある。

これから先、恋人は絶対作らない。康太のためだけに生きていく。

「ありがと」

「どういたしまして。康太くんはいい子だ。今夜は遅くなるけど、お土産を買ってくるからな」

「おみやげ？　なに？」

夢中になっていた手を止め、康太が目を輝かせる。

「美味しいケーキ屋さんを取引先に教えてもらったんだ。康太くんはなんのケーキがいい？　そこはいちごのショートケーキが美味しいそうだよ」

「いちご！　いちごがいい。はやくかえってきて、ぱ……」

あっ、と口をちいさな両手でふさぐ康太に「ん？」と浩介が顔を寄せる。

「な、なんでもないの。いちごのけーきがいいなぁ。かってきてくれる？」

「ああ、もちろん。できるだけ早く帰ってくるから」

「やくそくー」

小指と小指を絡め合って微笑んでいるふたりから、そっと目をそらした。

ごめんなさい、と胸の裡で呟くしかない。彼を送り出したら身の回りのものだけを持ってこの場を去るつもりだ。

出勤の準備をする浩介を手伝い、ジャケットをうしろから羽織らせる。毎日のこの儀式も、今日で最後だ。寂しさで胸が潰れそうで、ぽんと肩を叩いたあと、しばらく手を離せずにいた。

「操？」

「あ……すみません。僕も、ケーキが楽しみです」

「いろいろ買ってくるよ。フルーツタルトも旨いそうなんだ」

「待ってますね」

こころを裏切る言葉をなんとか絞り出し、鞄を持たせて「行ってらっしゃい」と最後の挨拶をする。

「こうー、いってらっしゃい」

足元で両手を上げている康太を抱き上げ、頬擦りしたあと、浩介は操の額にも軽くくちづけてくる。

「行ってきます」

「はい、気をつけて」

扉の外に送り出し、ぱたんと扉が閉まった直後はつかの間放心していた。

「みー？」

ジーンズの脇を引っ張られて、はっとなる。

猛然とキッチンに戻り、食器を手早く洗う。それから目を丸くしている康太を着替えさせ、「お出かけしようね」と言う。

「どこ？　どこいくの？　すーぱー、はやいよ？」

「スーパーじゃないんだ。……前の家に帰るんだ」

「……どうちて？」

惑いのあまり舌っ足らずになり、不安そうに大きな瞳を揺らしている我が子をぎゅっと抱き締めた。

ごめん、ごめんね、と何度も繰り返し、ここに来るときに持ってきた古びたボストンバッグに康太のぬいぐるみとスタイ、ハンドタオルを詰め込み、肩にかける。キッチン、リビング、バスルームをチェックして、どこも綺麗に掃除してあることを確認したら迷いを振り切って家を出た。

「みー、ねえ、どしたの……」

康太の声がか細い。離さないように強く抱き締め、外から鍵をかける。あとで、宅配便で送り返そう。

急いた足取りでマンションを出て、タクシーに手を上げる。

そこにふたりで乗り込み、元のアパートの住所を告げてぐったりとシートに身を預けた。

浩介が出勤してからたった二時間ほどの出来事だが、胸が痛くてたまらない。じくじくと疼き、これから一生操を苛《さいな》むだろう。

あんなに親切にしてくれたのに。

最後の最後で裏切るような真似をしてしまった。

車窓の外の風景が涙で滲んで過ぎ去っていく。

「みー……」

膝にかかえた康太を抱き締めた。

この温もりを、守り抜く。

古アパートに戻った操と康太を、エイミーとユキオが出迎えてくれた。ふたりとも心配そうな顔でまずは康太を代わる代わる抱き上げ、「元気にしてた？」と声をかける。

「えいみーちゃん……ゆきちゃん」

まだ事態が呑み込めていない康太がおずおずとエイミーの首に手を回す。それから肩越しに操を振り向く。

「どうちて？」

この場にふさわしい語彙力《ごいりょく》がまだない二歳児のストレートな問いかけが胸を揺さぶる。

「大丈夫。お部屋でゆっくりしよう。康太のぬいぐるみもちゃんとあるから」

「でも……こうは？　けーきかってくるっていってたよ」

「……うん、僕が買うから」

たった二歳の子に慌ただしい脱出劇を説明するのは難しい。

「とにかく、部屋に入りなよ。軽く掃除しといたからさ」

「ありがとうございます」

エイミーたちには事前に話をしてあった。

『やっぱり僕にはアルファの世界は馴染めなくて。元のアパートへ帰ることにしました。今度はしっかり街娼として働きます』

なにがあったか、エイミーたちは深く探ろうとはしなかった。互いに不安定な身だ。愛人のような形で買い上げられたものの、外の水に馴染めず、元の世界に戻ってくる者は多くいるのだろう。

皆で康太を優先し、気持ちを切り替えられるようにと遊び相手を務めた。操の部屋に四人が集い、康太の好きなダンスＤＶＤを流しながら楽しく踊る。一瞬は不安も忘れ、久しぶりのエイミーたちとめいっぱいはしゃいで真っ赤に頬を染めた康太がひとつ、はぁと息を漏らしたところで、合間を縫ってケーキを買いに行っていた操が食卓を整える。

いちごのショートケーキだよ、と言うと、康太は目をくりくりさせた。

こうの、けーきじゃないの？

そんなふうに言いたそうだったけれど、静かに見つめ返すとおとなしくケーキを食べ、腹がふくれた頃にうとうとし始める。

「こーう、眠そうだね。お昼寝しようか。私がついてるよ」

「俺も」

「まだ、ねむく……ないもん」

「うそつけ。もう目が半分閉じてるぞ」

ユキオがやさしく言って、和室に敷いた布団に康太を横たえる。タオルケットを腹にかけ、ぽんぽんと安心させるようにやさしくあやせば、皆に囲まれた安堵感からか、康太はすうと寝息を立てる。

大人だけが顔を見合わせ、誰からともなく頷く。

「これでよかったの？　あんた、結構しあわせそうにやってたじゃん」

「……でも、僕はやっぱりオメガですし。アルファはアルファで、あちらの世界があると感じたんです」

「お金、もらったのか」

「それは、まだ。でも、あとで連絡します。振り込んでほしいって。ビジネスライクに言えば彼だって僕が街娼だったことを思い出すでしょうし」

「なーんか、未練たらったら」

苦笑交じりのエイミーは畳に寝そべり、熟睡する康太のやわらかな頬を指先でやさしく撫でている。眠りを妨げないように、そうっと。

「康太にはちゃんと話してないんでしょ」

「まだ二歳ですよ」

「でも、大切にしてもらったんだったとしたら絶対に覚えてるよ。今日明日はごまかせるかもしれない。でも、数日経っても相手の男が現れないってなったらいくらなんでも康太だって怒るよ。

この子はばかじゃない」

「わかってます。……ちゃんと、そのうち話します。数か月暮らした男のひとはいいおじさんだったんだよって。康太とはなんの関係もない……赤の他人だって」

「赤の他人？　最初からそうじゃないのか？」

ユキオの不思議そうな声にほだされて、訥々《とつとつ》と真実を明かした。

二年前、台湾でワンナイトを過ごしたこと。

そこで出会った男が浩介で、康太の父親であること。

運命は不可思議な力でふたりを再びめぐり合わせたこと。結婚を申し込まれていたことも。

「……なんでいままで黙ってたんだよ。再会したときに、この子の父親だって明かしたってよかったのに。そしたら結婚だってできてたのに」

「つけ込むようで嫌だったんです。ひと晩の関係でできた子の責任を彼に背負わせるのは酷だなって――」

「操だけが抱え込む問題？　あんた、ずっとひとりだったじゃない。相手だってそうだったんだよ。どうしてわざわざ手を離すような真似したんだよ」

いつもクールなエイミーらしくなく声を低くする。気色《けしき》ばむ彼に、まあまあと割って入ったユキオが、「言うタイミングがなかったってこともあるだろ」と助け船を出す。

「好きで好きでたまらないひとの子を産んだうえで再会して、正直に『あなたの子です』と言うのも勇気が要るよ。信じてもらえないかもしれないと思ったら、黙ることを選ぶひともいると俺は思う。操はそうなんじゃないかな」

「だからって……康太も、あんたも可哀想だよ。なにも知らない相手だって。一時だけいい夢を見せて取り上げるなんて、あまりに残酷だよ」

言葉もない。エイミーの言うとおりだから黙ってうつむく。

つうっと熱いものが目縁に盛り上がり、頬をすべり落ちていく。

あの家を出るまで我慢してせき止めていた強い感情が一気にほとばしるようだった。

「……ごめん、なさい」

次から次にこぼれる涙に、ユキオが肩を抱き寄せてきてよけいに昂ぶる。

やさしくしてもらう資格はないのに。

エイミーの言うとおり、ひどい奴なのに。親の顔だって繕えていない。いま、康太が目を覚ましたらすべておしまいだ。

くちびるをぐっと強く噛んで涙を止めようとし、しゃくり上げた。

「……そういうときの声、やっぱり親子だよね。あんたとこの子、泣き顔がそっくり。相手の男も泣いたらこの子の面影があるんじゃないかな」

ひどいこと言ってごめんと呟き、エイミーが立ち上がる。

「あんたもすこし寝なよ。夕方になったらごはんを一緒に食べよう。私たちも数日は仕事を休んで一緒にいるからさ。……立て直そう」

「はい……ありがとうございます」

ユキオをうながして、「じゃ、あとでね」とエイミーが部屋を出ていったあとも、まだ涙は止まらなかった。

こんなに泣いたら瞼が腫れて、康太を心配させてしまう。

康太、康太。

温かくちいさな身体に寄り添い、操は涙でちくちくする瞼を閉じた。身体が鉛のように重い。

浩介のところとはまるで違う、殺風景な寂しい部屋。絵の一枚も飾られていなければ、花もない。

けれど、康太がいてくれる。

そのことにちいさく息を漏らし、操は愛し子の寝息に釣られて眠りに引き込まれていく。

たった一時でも、現実を忘れたかった。


ふと気配を察し、目が覚めた。

「何時だろう……」

覚束ない頭で枕元の置き時計を見る。お昼を回る前だ。短時間でも深い眠りに落ちていたようでぼうっとする。

いつもの仕草で布団の隣を手で探る。横向きになった康太がいるはずだ。やわらかな丸みを帯びた頭を撫でようとして、胡乱《うろん》な顔になる。

「康太？」

あるべきはずの姿がそこになかった。

布団はもぬけのからだ。シーツはほんのり温かいので、抜け出してまだ間もないのだろう。

「……康太」

うまく回らない頭で起き上がり、トイレへと向かう。

「康太、トイレ？」

だが、そこにも子どもの姿はなかった。狭い風呂場にも、台所にも。室内のどこにも。

ざっと青ざめて玄関を見ると、洗面台に置いていた子ども用の踏み台がドアノブの前にあり、康太の靴が消えていた。

「な……」

なんで、どうして。

鍵が開いている。康太の身長では届かない場所だから、最初から開いていたのだろう。そういえばエイミーたちが出ていったあと、鍵を閉めた覚えがない。

愕然《がくぜん》と立ち尽くし、そうじゃない、ぼんやりしている場合じゃないと己を叱咤《しった》し、靴を突っかけて隣室へと急ぐ。

「エイミーさん、エイミーさん！」

チャイムを鳴らすのも忘れてどんどんと薄い扉を叩くと、ややあってから外側へと開き、やはり昼寝していたらしいエイミーが顔をのぞかせる。

「どうしたの……」

「康太がいないんです。お邪魔してませんか？」

「は？　来てないよ」

ぎょっとした顔で彼も反応し、狭い廊下に顔を突き出してあちこち見回す。ユキオも部屋から出てきて「どうしたんだ」と言うので、康太がいなくなったと告げた。こうしている間にも背中を冷たい汗が流れ落ち、ぞくぞくしてくる。

「どこ行ったんだろう。靴履いてるみたいだから――コンビニとか……」

「まだ遠くには行ってないよ、捜そう」

三人で頷き合いアパートの外へと出た。玄関から裏側にも回ってみたのだが、康太はいない。ここから一番近いコンビニは百五十メートルほど離れたところにあり、操とよく一緒に行っていた。

ひょっとして、ひとりで店に行ったのか。

喉が渇いたとか、お腹が空いたとか、そういう理由で。

どうかコンビニにいてくれと向かう操の視線の先に、ちいさな子どもの背中がちらっと見えた。白のTシャツに水色のショートパンツ。

康太だ。

ひとりで懸命によちよちと駆けている我が子を呼び止めようとして、「康太！」と声を張り上げるのが先だったか。それとも曲がり角から出てきた白いセダンが一時停止を無視して迫ってくるのが先だったか。

悲鳴を上げながら両手を突き出し、全力で駆け出した瞬間、鋭いブレーキ音が響き、タイヤの焼ける嫌な匂いが漂う。

「康太！」

思わずぎゅっと瞼を閉じた。

康太、康太、康太。

命に替えても守らなければいけない存在。

なのに、一瞬目を離したばかりに。

「――操！」

あとから追ってきたエイミーたちに肩を掴まれ、「あれ！」とぐいと押される。

こわごわと視線を向けた先に、大きな背を丸めて康太を守る男の姿があった。

「……こう、すけ、さん……」

どういうことなのか。

スーツ姿の浩介が道路に跪き、康太をぐっと抱き締めていた。

「なにやってんだばかやろう！　危ねえだろ！」

運転手が車の窓を開けて苛立ち任せに怒鳴り、浩介たちを避けて走り去っていく。

鼻先を掠めるような危険な場面に喉がひゅうひゅうと鳴り、その場にくずおれてしまいそうだった。頭ががんがん痛む。油断すると涙が出そうだが、とにかくふたりの無事を確認するために走り寄った。

道の端に身を寄せた浩介が腕の中の康太を見下ろし、「大丈夫か？」と顔をのぞき込んでいる。咄嗟のことでなにが起きたのかわからないらしい康太は、浩介と、近づいてきた操の顔を交互に見て、大きな瞳を震わせ、しだいに泣きべそをかく。

「ぱ……ぱぱ、ぱぱぁ……！」

ひっく、ひっく、としゃくり上げる康太の大きな泣き声に、追いついたエイミーとユキオが安堵のため息を漏らした。

ぱぱ、と呼ばれた浩介は動じることなく、心底ほっとした顔で康太の背中を撫でている。

「よか、った……危なかった……」

「寿命が百年縮まったよ……」

全速力で走ってきたふたりも息を切らし、康太と浩介に近づく。

「大丈夫？　怪我してない？」

「大丈夫だ。ぎりぎり間に合った」

「でも、打ち身とか、擦り傷とか」

　ふたりの言葉を茫然と聞いていた操は弾かれるように飛び出し、浩介の顔や身体を無我夢中でべたべたと探り、怪我がないことを確かめる。

　運よく――ほんとうに運よく、間一髪で接触を逃れたのだろう。奇跡的にどこも怪我していない浩介に守られた康太をそっと抱き上げ、「……康太」と囁きかけると、首にぎゅっとしがみつかれて大声で泣かれた。

「みー、みー……！」

「ごめん、ごめんね、僕が目を離してしまったから……」

「ぱぱに、あいたかったの」

　目を真っ赤にして泣く康太が胸に顔を埋めてくる。それを見守る浩介が大きな手で康太の頭を撫で、「ほんとうによかった」と言って肩を抱いて立ち上がらせてくれた。わずかに顰め面をしているから、出血していなかっただけで腕か膝をぶつけたのだろう。

「病院へ行きましょう。もしかしたら骨が折れてるかもしれない」

「さすがにそれはないよ。折れていたら俺でもわかる」

　苦笑して、「これでも学生時代は柔道部だったんだ。受け身は得意なんだ」と言う浩介にまたも涙が滲み出す。

康太ごと抱き締めてくれる浩介の肩に額を押し当て、あふれ出る涙を我慢しなかった。

「どうして……ここに。仕事中だったでしょうに」

「――今朝のきみの態度がぎこちなかったから、虫の知らせというやつかな。家に電話しても誰も出ないし、スマートフォンは留守番電話になってるし。とにかく元の部屋を訪ねてみようと思ったんだが、大正解だったな。とりあえず、きみの部屋に行こうか？　それとも俺の部屋に戻るか？」

「ここからなら僕の部屋が近いので、来てください。ほんとうに怪我してないか確かめたいし」

エイミーとユキオがほっとした顔で囲んでくる。

「おちびさん、ひとりで家を出ちゃだめだよ」

「とにかく部屋に戻ろう。あー……マジでびっくりした。まだどきどきしてる。ねえユキオ、私たちはカフェでアイスコーヒーでも飲んでかない？」

「いいな、そうしようか。操、三人でゆっくり話しておいで。今度はちゃんと鍵をかけろよ」

「はい」

涙声で頷き、ふたりと別れてアパートへと続く道を下っていった。

「どこも……怪我してませんね。あ、でもここが薄い痣《あざ》になってる。打ち身かな。一応湿布を貼っておきましょう」

「悪いな。でも、べつに痛くないから大丈夫だよ」

「あとから腫れ上がるかもしれないし」

部屋に戻ってまず康太の無事を確かめたあと、オレンジジュースを飲ませて安心させてやり、ついで浩介に服を脱いでもらった。広い背中にも、逞しい腕にもこれといった痕はない。

「ほんとうに危なかった……。ぶつかったとばかり思いました」

「実を言うと俺もだ。でも、康太くんが無事ならそれでいいさ」

「ぱぱ、ありがと……」

上半身裸の浩介に康太がにじり寄り、ぎゅうっと抱きつく。あどけない声に浩介が微笑み、「よかったよ」と微笑む。

「きみのパパとして、ちゃんと守れた。俺をもう一度パパって呼んでくれるかい？」

「ぱぱ。こうくんの、ぱぱ」

「ああ」

ふたりのやり取りをそばで聞いていた操はそわそわし、「あの」と声を上擦らせる。

「どうして……どうしてパパって呼ばせてくれるんですか……」

「最初からわかっていたよ、操。俺の目はそんなに節穴じゃない」

　膝の上にちょこんと座り、安心した顔で胸にもたれかかる愛息の髪を撫でる浩介が、操の頬に指をすべらせてくる。

「神様もいたずらなことをするんだな。三年前、台湾で俺たちを引き合わせて素敵なひと晩を過ごした。……そのときの子だろう？」

「……はい」

　いままで黙っていた罪悪感に涙をあふれさせると、「泣かないでくれ。きみの泣き顔には弱い」と頬にくちづけられる。

「あまり泣くとあとで苦しいぞ」

「でも、……でも。最初から言えなかった僕が悪くて……」

「きみはやさしいから、俺を気遣ったんだろう。ワンナイトの相手の子どもを宿して、健気にもこんなにいい子に育ててくれた。再会したのはほんとうに偶然だったが、しつこくずっと捜していたんだ。俺はきみが忘れられなかった。まさか、あのときの子が生まれていたとは知らなかったが……写真の一枚でも持っていれば探偵を雇っていただろう」

　会えて、よかった。

　嚙み締めるように呟く男に耐えきれず強く抱きつき、幾度も顔中にくちづける。しまいにはくちびるを触れ合わせ、至近距離で彼の瞳をのぞき込んだ。

「どれだけ僕が情けなくて弱くて、脆くて、大ばか者で……でも、康太とあなたを一番に愛してるか……、わかってくださいますか」

「そういうきみだったからこそ、俺は運命を感じた。俺たちは番だろう？」

「え……」

運命の番。言葉では言い表せない力に引き寄せられたアルファとオメガ。

自分は最初から浩介をたったひとりの番だと知っていたが、まさか彼のほうもそう思っていたのか。

「でも、そんなの、ひと言も言わなくて……」

「番だ。だからあの台湾の夜きみを抱いた。朝になったらちゃんと話をして、日本に帰ってから正式につき合おうと申し込むつもりだったんだ。……いまでも覚えてる。パーティ会場でウエイターとして働いていたきみはどの招待客よりも美しく輝いていた。綺麗で、笑うと可愛くて、庇護欲をかき立てられた。ひと目見てもう恋に堕ちたよ。きみには俺、俺にはきみしかいないと悟ったから迷わずに誘った。持ちうる情熱のかぎりできみを抱き尽くしたと思ったが……翌朝に姿を消されたときはさすがに気落ちしたな。連絡先も聞いてなかったから」

「重荷になったらいけないと思ったんです。あのときは動揺してしまって……大学の友人と遊びに行ってたから、早くホテルに戻らないといけないとも思ったし……僕はともかく、あなたは絶対にひと晩の遊びだと思ってました。誰より男らしくて、雄っぽくて、格好良くて、人目を惹いて……僕を虜にして」

「だから、康太くんが生まれた」

おとなしく話が終わるのを待っている康太は両手を浩介の胸にあてがい、全身でもたれかかっている。

ぱぱ、と何度呼びたかっただろう。子どもはその鋭い勘で、浩介を実の父親だと気づいていたのだ。

「僕より、康太のほうがずっと素直ですね。……黙っててごめんなさい」

「謝らなくていい。またこうして出会えたんだから。三度目の出会いだ。もう離さないぞ」

浩介が康太ごとぎゅっとかき抱いてくるから、操も両手を回す。

「……愛してる。ほんとうに好きで好きで、きみたちがいる毎日だからこそ俺はやってこられた。どうか頼む。あの部屋に戻ってきてくれないか」

「僕も、愛してます。康太も、あなたも、こころから。……部屋、戻っていいんですか？　僕の勝手で出てきたのに」

「ひとりで住むには広すぎる。きみたちの笑い声や寝息が聞こえない部屋なんて牢獄と同じだ。いまからすぐに戻ろう」

「わかりました」

「こうくん、ぱぱとみーといられる？　ずっといっしょ？」

康太の声に、ふたりで微笑み、しっかりと頷いた。

「康太くんのしあわせを最優先に考えるよ」

こういうひとだから、好きになったのだ。


ボストンバッグを持ってまた浩介の部屋に戻る。いったんアパートに送った荷物は、また後日手配しよう。

「わあー、ぱぱのおへや！」

七月初めのまぶしい夏の陽射しが入る部屋に駆け込み、康太が歓声を上げる。

「またこのおへやにいられる？」

「ああ、ずっと一緒だよ」

「じゃあ、こうくん、ぱぱとおふろはいりたい」

「そうだな、一緒に入ろうか」

仕事はいいんですか。

無粋かなと思ったが一応訊くと、「今日は午後休にしたんだ。大丈夫。会食もリスケしてもらったから、気にしないでくれ」と返ってきた。

ウキウキする康太を連れてバスルームへと向かう浩介を見送り、慣れ親しんだ部屋をぐるりと見渡す。

今日の早い時間帯にここを飛び出してから、もうずいぶんと経った気がする。すべてが幻のようだ。

あと一歩遅ければ康太をこの手から喪うところだった。浩介だって。

パパに会いたくて外にひとり出ていった康太の胸の裡を思うときゅうっと苦しくなるが、遠くからふたりのはしゃぐ声が聞こえてきて気分が和らぐ。

必死になって手に入れたこのしあわせを今度はしっかりと摑んでおこう。

操も彼らのあとに風呂に入り、三人で昼間からくつろいだ。浩介が上質のコットンでできたバスローブを用意してくれていたので、それを軽く羽織る。

「ぱぱ、ぱぱ」と呼べるのが嬉しい康太がリビングで終始浩介にじゃれつき、彼も口元をゆるめていた。温かな塊にしがみつかれて微笑まないひとはいない。

そうこうするうちに陽が暮れてきたので、今夜はデリバリーで夕食を取ることにした。チャイナレストランから子ども用の味付けに合わせた辛くない麻婆豆腐《マーボードウフ》や青椒肉絲《チンジャオロースー》を頼み、杏仁豆腐《アンニンドウフ》をデザートに楽しめばお腹をぽっこりふくらませた康太がうつらうつらしている。

「康太、おいで。歯磨きしよう」

「はぁい」

リビングに敷かれたシャギーラグに腰を下ろすと、そこへ歯ブラシを持った康太がとことこやってくる。そして操の膝に頭を乗せ、「あ」と口を開く。

乳歯の一本一本を丁寧に磨いてやる姿を、ソファに座ってウイスキーの入ったロックグラスを揺らす浩介が楽しそうに見守っていた。

歯磨きが終わり、一緒に洗面台までついていって踏み台に乗せ、口をゆすがせる。水でびしゃびしゃになった口元を笑いながらタオルで拭い、自室へと連れていく。朝、片付けたままのベッドがそこにあった。

康太の好きなアニメキャラのぬいぐるみを寄り添わせ、「なにかおはなしして」とねだられたので、「うーん」と考え、「むかしむかし……」と語り出す。

「遠い国で、素敵な男のひとと男のひとが出会いました。ふたりは生まれも育ちも違いましたが、ひと目で惹かれ合い、お互いに好きになりました。離れたくない、離したくない。そんな想いで一緒に過ごしましたが、もともと住む世界が違うふたりです。別れの時間がやってきて泣く泣く彼のもとを去りましたが、お腹には新しい命が宿っていました。そうして時は流れ、運命のいたずらがふたりを再び引き寄せて……」

ふと康太を見ると、くうくうと寝息を立てている。

てんてこ舞いな一日だったから、よほど疲れたのだろう。

「……おまえが天使としてやってきてくれたんだよ、康太。ありがとう」

額にキスをし、タオルケットを肩まで引き上げて空調を調節する。自室のドアは閉め切らずに隙間を開けておいた。

それから浩介の寝室へと向かい、ドアをノックする。

「どうぞ」

低く艶やかな声に誘われて中に入ると、ワイドダブルのベッドヘッドに背を預け、タブレットPCを眺めている浩介がいた。そばにはウイスキーのグラス。丸く作った氷に琥珀《こはく》色の液体が注がれている。

「きみも飲むか?」

「じゃあ、すこしだけ」

恥じらいながらベッドに上がり、彼の隣に腰掛けてグラスを受け取る。どっしりとした味わいが喉をとおり抜け、ずしんと胃に落ちる。酒の強さに気がゆるゆる解れ、「……すみませんでした」と呟きながらことんと彼の肩に頭をもたせかけた。

「あなたにはいくら謝っても、感謝しても足りません。康太を助けてくださってほんとうにありがとうございました」

「親として当然のことをしたまでだよ。俺の第六感もなかなかのもんだな」

くすっと笑う浩介がタブレットPCをなんとはなしに弄り、それから電源を落としてサイドテーブルに戻したあと、グイと操の腰を抱き寄せてくる。

彼の体香が鼻腔をくすぐる。同じボディソープを使っているはずなのに、浩介だけの香りがあるのだ。

「っ、浩介さん」

「俺がどんなに焦ったかと思う？　きみと康太くんがいないとわかってこの世の終わりかと思った。やっと同居生活も馴染んできたから、プロポーズしようと思っていた矢先だったのに」

「プロポーズ……」

じんわりと耳の先まで赤く染めるものの、「で、でも」と彼の胸を軽く押し返す。

「――この間のパーティで会っていた女性は？」

「女性？　誰のことだ」

浩介はわけがわからないといった顔だ。

「ラウンジで……ふたりで楽しそうにしてたじゃないですか。取引先の方の娘さんなんでしょう……？　僕との婚姻届を出してないとあなたが言ったら、『まだ間に合う』みたいなことも仰っていて……」

「ああ、あれか」

くくっと可笑しそうに笑った彼が額を軽くぶつけてきた。

「あれは、あの父親が先走っていたんだ。女性にはもともと年下の恋人がいて、海外で事業を興す段取りが整ったから向こうで結婚するという報告を聞いていたんだよ。あれは単なるのろけ話を聞かされていただけだ」

「そう、だったんですか……？　じゃ、あのひととは結婚しないんだ……」

「俺のパートナーはきみだけだ、操。プロポーズを忘れたか？」

甘い声で囁かれて全身がぐずぐずになる。

ようやく安心できる腕の中に戻れたという幸福感も手伝って、自らも身体を擦り寄せた。

「浩介、さん……」

「今度こそ返事が欲しい。俺と結婚してくれ、操」

低い声で囁かれて、今度は迷いなく、「はい」と頷く。

「僕でよければ……あなたにふさわしい男になります」

「そんなに肩肘を張らなくていい。あるがままのきみでいいんだ。三年前に会ったときのように素直なきみで」

笑いかけてくる浩介がくちびるの脇に軽くキスを落としてくる。

「今夜こそきみを大切に抱きたい。……この間はヒートのきみに煽られて乱暴にしてしまったから、今日は徹底的にやさしく」

「ん、うん、でも、あれも好きでした。あなたの力強さが感じられて」

「おだてると調子に乗るぞ。しつこくしてきみに嫌われるかもしれん」

「そんなことあるわけないじゃないですか。——好きです。大好きです。出会ったときから、あなただけずっと」

見つめ合って鼻先を擦りつけ、互いに引き合うようにくちびるを重ねていく。熱く、肉感的なくちびるにくらくらし、彼の胸に両手をあてがった。

「……っふ……」

くちびるの表面をちろりと舐められ、隙間を割ってもぐり込んでくる舌に最初からきつく吸い上げられた。

浩介がバスローブの腰紐を引っ張り、しゅるりと解いて胸をあらわにする。弄られる前からぷっくりと尖った乳首を人差し指の腹で擦られ、「ん、ん」と声を詰まらせる。

「……浩介さん、そこ……ばっかり……」

「感じやすいきみがいけない」

尖りを指でつままれてちろちろと舌で嬲られ、根元をきゅうっと噛まれる。

「もうミルクは出ないかな？」

「……う。……次の子が……できたら……」

「そうしたらまたきみを取られてしまうな。俺が味わっておかないと」

「ばか……」

美味しそうに乳首を吸い、舐めしゃぶり、たっぷりと唾液をまぶしたところでさらにバスローブを割って下肢へと手を伸ばす。

ふと、浩介の手が止まった。

「下着は穿かなかったのか？」

「ん、……はい。あなたとしたかった、から……」

「気が合うな」

剝き出しの性器に触られてかあっと身体が火照る。先端を手のひらでくるくると転がされて喘げば、浩介がすかさずそこに顔を寄せ、咥えてくる。

すっぽりと口の奥深く呑み込まれ、淫らにじゅぽじゅぽと舐められる。肉厚の舌で浮き立った筋を丁寧になぞられるとびくびくと腰が跳ねるほどに感じてしまう。

「や、っあ、あぁ、ぅ」

根元の淡いくさむらを指でかき回され、れろーっと下から上に向かって舌が這っていく。アイスキャンディみたいに簡単に蕩けてしまいそうだ。

「だめ、も、もう、イっちゃ……っ」

「何度でも。俺だけの花嫁の味を教えてくれ」

「あ、あ、っ、あぁぁっ！」

身体を強くバウンドさせてびゅくりと浩介の口内に吐精した。たっぷり放ったそれは自分で思っていたよりも多く、浩介がごくりと何度も喉を鳴らしていた。

「この間のヒートのときよりも濃い気がする。気持ちが通じ合ったからか」

「ん……はい。……僕も、なにか……」

手を伸ばしたのだけれど逆に組み敷かれ、両腿の奥を探られる。

「これからはずっと一緒に過ごせるんだから、お愉しみは先に取っておこう。それよりもいまはきみが欲しい」

サイドテーブルからボトルを取り上げた浩介が中に入っている液体をとろりと手のひらに垂らす。前もってジェルを用意してくれたらしく、温めたそれを操の奥まった場所へと塗りつけていく。敏感な粘膜を探る指の長さをリアルに感じて息が切れる。

蜜壺の縁をぐるりとなぞられ、ぬちゅりとジェルをまとわりつかせて中に挿ってきた。

「ンン……！」

欲しかった刺激に悶えれば、浩介が内腿に吸い付きながら抽挿を繰り返していく。

最初は浅く、だんだんと深く、奥へ。

しだいに第二関節が当たる上壁がもったりと熱を持ち、しこってくる。

「んっ、そこ、や、あ、あ、い、いい」

「ん、操のいいところを見つけたかな」

愉しげに笑う浩介がそこを集中的に指で揉み込んできて、気が狂いそうだ。狭い場所なのに指の形に広げられ、いまかいまかと浩介を待ちわびている。

「は、やく、おねがい、はやく――ほしい……っ」

「もう我慢できないか？」

「ん、ん、だって、あなたが……好き」

くそ、と浩介が唸る。

「可愛くてどうにかなりそうだ」

浩介もバスローブを乱暴に剝ぎ取り、臍までつくほど猛ったそこにジェルを垂らす。凶悪なぐらい太い筋がいくつも浮き立っていて、見ているだけでごくりと喉が鳴ってしまう。あれでいまからたっぷり擦ってもらえるのだ。

じっとしていられなくて、腰をもじもじさせてしまう。

「顔が見たいから」

そう言って、浩介が顔中にキスを散らしながらゆっくりと穿ってくる。

「ん――ん、あっ、あぁっ……！」

ずくずくと埋め込まれる感覚がたまらない。

思わず彼の締まった腰に両足を絡みつけて引き絞ってしまう。抱かれたのはこれでまだ三度めなのに、いつの間にか熱っぽいねだり方を覚えたようだ。

「こ、すけ、さん、おっきぃ……」

「ああ、きみは蕩けそうに熱い」

ずちゅ、ぐちゅっ、とジェルと白濁が混じった音が響き、鼓膜を犯す。互いに繫がった場所がひどく熱くて溶けてしまいそうだ。

くり抜かれた内側はひたりと太竿に張りつき、浩介が腰を遣うたびにいやらしくうねる。さっき指で嬲られた場所を亀頭が掠めると勝手に声が口からあふれ、のけぞってしまう。

「いい、すごく――いい……っあ、っん、んん、っ」

「泣いてるな。そんなにいいか？」

「ん、うん、いい、きもち、い」

ばかになってしまったみたいにこくこく頷き、彼の背中に爪を立てる。

「あぁ……っ！　ふ……ぁ、……あ……っ」

一番太いところまで押し込まれただけで中がきゅうっと締まり。背筋を熱が駆け抜けていく。射精はしていないのに、達したような熱っぽさが腰の奥に広がり、操はくちびるをかすかに開く。

「軽くイったみたいだな。操、もっと感じていい」

沈み込んでくる男に囁かれ、「ん……」と泣き声を漏らす。

もっと奥まで来てほしい。亀頭で最奥を舐り回してほしい。

息もできないぐらいに追い上げてくる浩介が喉元に噛みつき、思いあまった表情で操の身体をくるりと裏返すと、うなじに垂れる髪をかき上げて強く歯を突き立ててきた。

「あ……っ！」

うなじをきつくきつく噛まれ、正真正銘、彼の番となる。

「契約の解除は一生しない。操とあの子だけを愛していく」

「僕も――ぼく、も、あなたたちを……っあ、あぁ、だめ」

じゅぷじゅぷと抉る音が一層ひどくなる。ジェルを使っているせいか、中がとろとろに潤い、男を受け入れやすくしている。弱いしこりを浩介の太竿が掠めていき、悲鳴のような喘ぎがほとばしる。

「あっん、あん、っん、あ……っん……」

蕩けて尾を引く甘い声が気に入ったのだろう。浩介が激しく揺さぶってきて、背後からきつく追い上げられていく。

大きく張り出したえらが操の敏感な場所をくぐり抜けて執拗に甘く擦り、再びぎゅうっと中を穿ってくる。

最奥まで収められると苦しいぐらいなのだが、それがいまは気持ちいい。全身で浩介を受け止められるのだ。「もっと奥まで来て」とねだり、自らも腰を振る。

腰骨をグッと強く摑んで高々と抱え上げられたドギースタイルに顔中が真っ赤になった。ずるうっと抜け出ていきそうになると必死に締めて引きつけてしまう。

肉洞はこれ以上ないぐらいに熱く火照り、淫らによだれを垂らして浩介を食い締める。そのことに彼が呻き、グラインドが大きくなった。

「も、イく、いっちゃう、おねがい、いっしょがいい……っ」

「わかってる」

背後から耳たぶを囓ってくる浩介が激しく腰を振るってきて、上体を倒した操は泣きじゃくりながらシーツをかきむしった。

「ん、ぅ、あ、あぁぁぁ……っ！」

「操……！」

首筋を嚙まれながら最奥を抉られて、きぃんと頭の中を走り抜ける絶頂感に再びどっと射精した。

「あっ、あぁ、あっ」

「操、……操」

余韻が抜けないまま腰を揺らし、ふたりで溶け合っていく。

力が抜けてぺたんとシーツに倒れ込むと、浩介も覆い被さってくる。

しあわせな重みを感じながら頰を撫でる手に何度もくちづけ、「……すごく、よかった……」と囁いた。

「もう、こんなにいつもよかったら癖になっちゃいます……」

「確かに。朝までしたくなる」

「ふふ。康太が起きてきちゃう」

くすくす笑い合いながら慎重に体位を変え、また正面から抱き合った。

「やっと手に入れたんだ。もう一度ぐらい許してもらえるだろう?」

いまは真夜中だし、大人の時間だ。

夜明けはまだ遠い。

愛する我が子は楽しい夢の中。

「大人の時間、……もうちょっとだけですよ」

両頬を手のひらで包んでキスを交わし、呼吸を合わせて熱に沈んでいく。

朝が来たら——生まれ変わる。なにもかも。

「家族になろう、操」

「はい」

甘やかで真摯な声に涙が滲み、なんとか頷く。

飽きるぐらいキスを交わし、手を繋ぎ、指先まで絡め合ったら次の波が来る。

それに抗わず、操は微笑みながら浩介に全身で抱きついた。

返ってくる熱が確かなものだと、いま、信じられる。

終章

「お誕生日おめでとう、康太」

「康太、おめでとう」

「わあ……！」

目をまん丸にした我が子はいちごがたっぷりと載ったホールケーキに釘付けだ。

秋が深まる十一月下旬、晴れた土曜日が康太の三歳の誕生日だった。

昨日寝る前から『あした、あした、こうくんのおたんじょびだよね？』と念押しされていたから、『そうだよ、明日は康太が三歳になる日だよ』と笑って伝えた。

我が子はどんなに楽しい夢を見てくれたのだろう。朝からご機嫌な康太は浩介と一緒にダンスDVDで可愛くステップを踏み、昼前には興奮で目をキラキラさせながらハイチェアに座らせてもらっていた。

バースデーパーティのために、操はリビングを精いっぱい飾りつけた。折り紙で作ったモールに、花飾り。『こうたくん三歳おめでとう』とクレヨンで描いたカラフルな壁掛け。彩りのやさしいコスモスもたくさん買ってきて、花瓶に生けた。赤やピンク、白のコスモスは秋生まれの康太が大好きな花だ。

嬉しそうに花に触れたそうにしている康太に花瓶を見せ、ちょいちょいと指でつつくのを浩介とともに見守った。

それからお祝いの歌をみんなでうたい、ケーキに刺した三本のろうそくの火をふうっと消してもらう。

「おめでとう、康太。ほら、パパからプレゼントだ」

「なに？　なに？　あけていい？」

「どうぞ」

綺麗にラッピングされた大きな箱を渡され、康太は昂ぶるあまりふんふんと鼻を鳴らしている。ちいさな手で赤いリボンを引っ張り、紙包みを破いていく。

「あ……！　これ……！」

中から出てきたのは康太がこよなく愛するアニメキャラクターたちとおうちだ。主要キャラは全員そろっていて、もちろん康太が好きなキャラもいる。おうちは子どもでも簡単に遊べる開閉式で、二階建て。いくつもの部屋があり、階段を上ったり下りたりすることでいろんな遊びができる。

「これでパパとママと遊ぼう」

「ん！　ありがとー」

「ママからは康太の大好きなクマさんのブランケット。どう？」

ふわふわのフリースでできた暖かそうなブランケットをぱっと広げると、康太は頬を火照らせ、こくこくと嬉しそうに頷く。

「ふわふわ！　ねるとき、いっしょ？」

「そうだよ。今日のお昼寝から早速使ってみようね」

はしゃぐ康太のためにいったんブランケットは畳んでソファに置き、ケーキを切り分ける。

「こうたくんおめでとう」のプレートを載っけてやると康太の口元がゆるむ。

「エイミーさんとユキオさんからもおもちゃのプレゼントが届いてるよ。あとで開けてあげる」

「ん！　こうくんね、えいみーちゃんたちとあそびたい。またこんど、みんなであえる？」

「そうだな。うちに招いて、皆でごはんを食べよう。俺が腕をふるう」

「浩介さん、料理できるんですか？」

「この間SNSを見ていたら美味しそうなレタスと鶏肉の洋風鍋の簡単レシピが載っていたんだ。どっちも康太が好きだろう。だから作ってみたい。きっとたくさん食べてくれる。な？」

長袖のフランネルシャツにフリースジャケットを羽織った浩介は、休日のよきパパといった姿だ。

すこし前の十一月二十二日、操は浩介とともに婚姻届を役所に提出した。いい夫婦、の語呂の日に結婚するのが可笑しくてくすくす笑う操に、浩介がかしこまった顔でネイビーのベルベットの小箱の蓋を開け、きらりと輝くペアのプラチナリングを見せてくれた。

左手の薬指にはまったそれをしみじみと見つめ、操は微笑む。

こんなにちいさなリングが、この先ずっと遠い未来まで浩介と自分や康太を繋げていくのだ。

恐れずに、恥じずに。

下を向かずに前を向いて生きていく。

そんな強さを、浩介から与えてもらえた気がする。

美味しそうにケーキを頬張っている康太の相手をしてやっている浩介の細やかな手つきに見とれ、操もいちごをぱくりと口に運ぶ。ジューシーでとても甘い。康太好みのいちごだ。

「ケーキを食べ終えたらちょっと車でお出かけするか？」

「どこいくの？」

「デパートにでも。康太くんに暖かいセーターを買おう。俺も新しいコートが欲しいし」

「いいですね。僕はマフラーが欲しいかな」

「帰りはホテルのレストランで食べてこよう。じつはもう予約してある。子どもにも美味しいフレンチを出してくれるところだ。そのまま今夜はホテルに泊まろう。スイートルームを押さえてある」

「用意がいいですね。ありがとうございます」

三人で康太の誕生日を祝える嬉しさににこにこしていると、浩介が目を細め、正面に座る操の手をきゅっと握って、左手の薬指に恭しくくちづけてきた。

「きみと康太のためならなんでもすると誓うよ。写真館にも行こう。このままの普段着でいいから、家族写真が欲しい」

「……僕も」

しあわせが胸からあふれ出て、涙が滲みそうだ。

「ままぁ、ないてるの？」

「ううん、泣いてない。ふふっ、ちょっと嬉しかっただけ」

急いで目尻を人差し指で拭い、康太の口元も拭ってやる。

せつなくなるほどしあわせだ。一瞬一瞬が鮮やかで、瞼の裏に焼きつけておきたい。

子どもの成長はあっという間で、康太もいつかは大きく成長し、この手を離れていくのだろう。

真っ赤ないちごを美味しそうに食んでいる可愛いくちびるをつんと指でつつくと、康太もにこっと笑い返してくる。

その笑顔にやられたらしい。浩介も自分のぶんのいちごをつまみ、「あーんしてごらん」と康太の口元に運ぶ。

「あーん」

「美味しいか？」

「ん、おいち……」

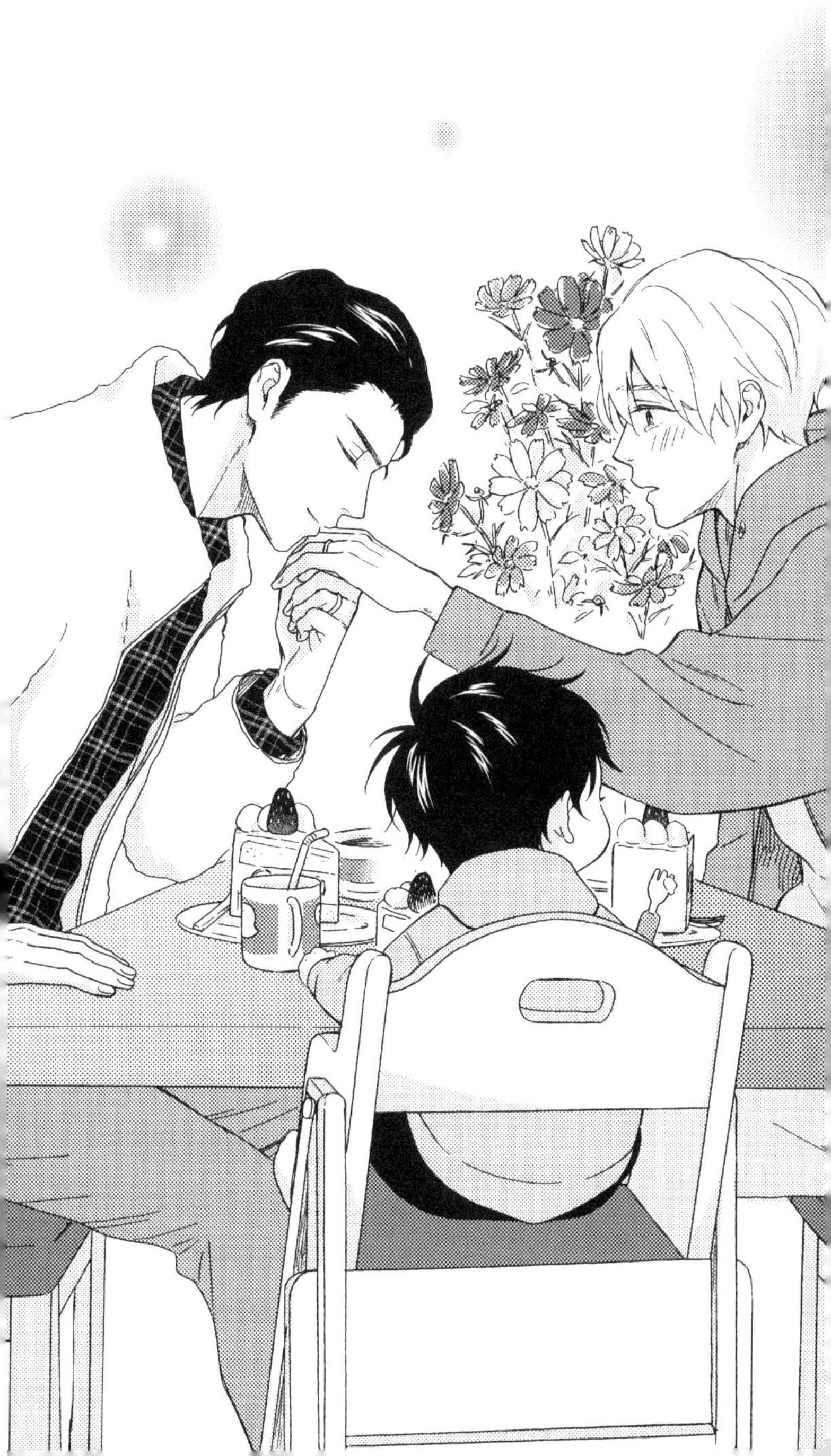

ふるふるっと身体を震わせてうっとりする康太にふたりそろって笑った。

来年も、再来年も、こんなふうに祝っていこう。康太が「もういいよ」と恥ずかしがるまではずっと。惜しみない愛情を我が子に。

「あのねぇ。こうくん、いっぱいぷれぜんともらったけど、ほしいもの、まだあるの」

「そうなのか？」

「なになに？」

興味を覚え、浩介とともに顔を近づけると、康太はもみじみたいな手で口元を覆ってえへへと笑う。

「あのねぇ……こうくんねぇ……、おとうとがほしい！」

「弟、か？」

思わぬ言葉に目を瞠る浩介に、頬がふわっと熱くなる。

「どうして弟が欲しいんだ？」

「たくじるーむのゆうくんに、おとうとができたの。こないだ、ゆうくんのままにみせてもらった。すごくかわいい。ね、こうくんもおとうとほしい。ぱぱとままにおねがいしたらおとうとがきてくれるかもっていわれた」

「そっか」

熱心な要求に顔を赤くしながらも微笑み、ちらりと浩介に視線を送る。

「弟、……もらえますか？」

「きみがその気なら」

ぱちりと綺麗なウインクをする浩介が、ケーキを食べ終えた康太をハイチェアから抱き上げる。

そして愛おしそうに丸みを帯びた頬に繰り返しキスし、「じゃ、康太の願いを叶えよう」と言う。

「ほんと！」

「ああ、努力する。な、操」

「もう……はい」

食器を片付けて照れながら彼の隣に立ち、腕の中の康太の髪をくしゃくしゃっとかき回す。

「……頑張ってみるね」

「ん！」

ふたりの秘め事には気づかないままに、康太はあどけない笑顔で浩介と操を虜にする。

「そろそろ出かける支度をしようか」

「そうですね。外が晴れているうちに」

「今日はホテルにお泊まりだぞ、康太。向こうでもいっぱいお祝いしような」

「はぁい！」

甘えた顔で浩介の首にしがみつく康太の頬にちゅっとくちづけ、操も微笑んで彼らに思いきり抱きついた。

浩介が声を上げて笑い、頬擦りしてくれる。
きらきらした透明な晩秋の陽射しに照らされて、甘やかな未来に想いを馳《は》せる。
三人分の影が床に落ちてゆらゆら揺れていた。
それは、確約されたしあわせだ。
目と目が合ったあの夜——あの瞬間から、運命はこの胸で咲き誇っていたのだ。

はじめまして、またはこんにちは。最近家族ものとオメガバにハマりすぎている秀香穂里《しゅうかおり》です。今回は、ワンナイトの結果産まれた子どもちゃんのすくすくした成長具合を挟みつつ、甘い仕上がりになりました。台湾がとても好きで、ここ数年毎年一回は訪台しています。ごはんがほんとうに美味しくて……！　朝五時に起きても長い列ができるおかゆ屋さん、ガチョウやシジミが美味しい料理店、小籠包が絶品のお店などなど尽きませんが、お茶も当然美味しいです。あ〜また行きたいな台湾！

挿絵を手がけてくださったらくたしょうこ様。お忙しい中、お引き受けくださりほんとうにありがとうございました。いただいたイラストを拝見し、お願いしてよかった……！　と胸が熱くなりました。メインのふたりがキュート&格好いいのはもちろんのこと、康太《こうた》のもちもち具合がほんとうに可愛くて可愛くて。ご尽力くださったことにこころより感謝します。

担当様、ありがとうございました。次もよろしくお願いいたします。

そしてこの本を手に取ってくださった方へ。ワンナイトのスリルとほのぼの愛、すこしでも楽しんでいただければ嬉しいです。

CROSS NOVELSをお買い上げいただき
ありがとうございます。
この本を読んだご意見・ご感想をお寄せください。
〒110-8625
東京都台東区東上野2-8-7　笠倉出版社
CROSS NOVELS 編集部
「秀 香穂里先生」係／「らくたしょうこ先生」係

CROSS NOVELS

甘やかアルファに愛される

著者

秀 香穂里

2020年5月23日　初版発行　検印廃止

発行者　笠倉伸夫
発行所　株式会社　笠倉出版社
〒110-8625　東京都台東区東上野2-8-7　笠倉ビル
[営業]TEL　0120-984-164
FAX　03-4355-1109
[編集]TEL　03-4355-1103
FAX　03-5846-3493
http://www.kasakura.co.jp/
振替口座　00130-9-75686
印刷　株式会社　光邦
装丁　磯部亜希
ISBN　978-4-7730-6032-4
Printed in Japan